歌狂人　卍　短編集Ⅰ

華飾《かしょく》と虚飾《きょしょく》

芥川賞の結末

歌狂人《かきょうじん》　卍《まんじ》　著

櫂歌書房《とうかしょぼう》

「華飾と虚飾・芥川賞の結末」　解説とプロット

信用危うい先物売り、いい加減な選考、不公平感極まる報道発表、曖昧な発行部数、虚しき存在感――枚挙に暇のない欺瞞《ぎまん》に満ちた、売れない小説の代表格「芥川賞」は、人気まで無いのに毎年二回、予算の如く惰性的に決められる。そんな摩訶不思議な現象に注目して何年になるだろう。

おかしなモノをそのままにしておくのはおかしいと、素人である筆者の私が、目には目を、歯には歯を、の精神に則《のっと》り、小説でシュプレヒコールすることにした。夢の中でも異論を放ち抗議する私に、意外な助っ人が現れる。アンデルセン「裸の王様」に登場する子ども（チボリ君）と、あの世で芥川賞の現状を嘆く、賞の創設者・菊池寛の二人だ。

「ネコの首に鈴を付けてやる」。息巻く私の背中を押す二人は心強い味方だ。やっと書き終え、出版社へ作品の持ち込みに上京する前夜、再び夢を見た。場所は黒沢明監督の映画「羅生門」のセットで、本家本元の芥川龍之介「藪の中」の裁判シーンに出廷し、検非違使（裁判官）から判決を引き出す展開である。

始まりだけ「華飾」で持てはやされるが、時間が経てば「虚飾」と化し、哀れな実体を曝け出す芥川賞の行末。出版社、選考委員、受賞者、メディア、各面々がお白州に引っ張り出されて尋問が始まるが、さて藪の中（羅生門）裁判の判決はいかに下されるか、本文でご確認あれ。

私はここに小説で訴える。「おかしいことをおかしいということはおかしいことじゃない。おかしいことに気付かず、無視し、黙認することで正当化されるのがおかしいことなのだよ」と。疑問の声は届いても無視されるかもしれないが、谷間に大声で発する「お・か・し・い・よ――」は、谺《こだま》になって返ってくるはずだ。ホンモノが判る人なら賛同してくれると信じたい。

これは、ある機関紙に書かれていたコラムだが、参考までに原文で紹介する。

「▼実は知る人ぞ知る今は出版不況。本や雑誌が売れない。が、大型書店に行けば新刊は次々と並び、件の受賞作を掲載した雑誌などは山と積まれ、文庫本も新書本も各社が競って出す。しかしそのほとんどが取次店に返品されるのが実状▼ではなぜ書店に大量の本が並んでいるかというと、五〇本出して一本でも当たれば、という版元の狙いからだろう。だからやっつけ仕事の著作も多い」

華飾と虚飾　芥川賞の結末

「華飾《かしょく》と虚飾《きょしょく》・芥川賞の結末」

歌狂人　卍

【出版社での相談を終えて】

相談は終わった。想定外の結果に言葉が出ず、一礼するとドアを閉め、肩を落としてエレベーターに急いだ。気落ちしたのは、作品が酷評されたからではなくケチをつけられたからだ。相談すべき出版社、人物を間違えたと後悔した。

出版云々を前提にした相談というより、率直な意見、感想を聞かせて欲しいと、作品を預ける際にスタッフに伝えていたはずだ。出版不況が続く時代、自費出版ならともかく、主点やストーリーがしっかりした作品であっても、容易《たやす》く企画出版に繋がらない現実は知っている。だからこそ、まず中身の欠点を指摘されようと酷評覚悟で持ち込んだのに、評価以外の扱いを受けようとは予想もしなかった。

エレベーターのボタンを押そうとして傘を忘れたことに気付き、Uターンして事務所入口に戻ると、開け放たれたドアから不満の声が漏れてきた。声の主は、さっきまで私の応対をした代表の女性で、時間を潰した腹いせの矛先を社員たちに向けていた。しきりに、「読んでくれ、と言うから・・・」とか「あんな作品を持ってこさせて」とか、怒りが治まらない様子で、自費出版契約に漕ぎ着けなかった悔しさを露《あらわ》にしていた。声を出すのは憚《はばか》られたが、おそるおそる顔を出し、椅子の横に立てかけた傘を指した。

「すみません。傘を忘れたもので・・・」

戻って来た私に驚きもせず、口を噤《つぐ》んだ代表は視線を落とすと、澄まし顔で言った。

「持っていっていいですよ」

当たり前だ。これは俺の持ち物。おかしなことを吐《ぬ》かす社長だと呆れた。長居は無用。傘を掴むとすぐ通路に出た。先で立ち止まり、背後で反応を窺ったが、流石《さすが》に今度は社長のぼやきは聞えなかった。

降下するエレベーターの中で顧みた。私は代表に非礼な態度を取っただろうか。否、横柄な振る舞いはしなかったつもりだ。雨がやんだビル街をトボトボ歩き、代表と交した一時間余りを反芻《はんすう》した。

約束の時間10分前に着くと、応接間で代表は私の小説を読んでいた。挨拶をすると、代表は私を腰掛けさせ、前回アテンドしたスタッフの女性も代表の隣に座った。代表は名刺をテーブルに置き、いきなり質問した。

「これは純文学?それともエンターテインメント系?」

私は返答に困った。私が芥川賞か直木賞を目指していると誤解している。

「ジャンルなどに拘《こだわ》ってはいません。これはただの短編集で・・・」

そう答えかけると、代表は決めつけるように、有無を言わせぬ口調で傍らのスタッフに相槌を求めた。

「有り得ない設定!ねぇ、そうでしょ?」

この場面、このタイミング、同調せざるを得ない空気が漂った。反論すれば部下としては後が怖い。案の定、スタッフは私を見つめ呼応した。

「ええ、私もそう思ってました」

本心かどうかは分からぬが、二人揃って早速欠点を見つけた、と言わんばかりの上げ足取りの開始だ。代表は私を見下した。

「20年間の変化に気付かぬ訳がない。そんなに長期間、恨みを抱く設定もおかしい」

スタッフの方は私を黙視していた。

短編集の第一作は、主人公が旅先の海岸で偶然老人に出会う。その老人は元上司で、忘れ得ぬ約20年前の恨みと憎しみが堰を切って出てくるが、老人はかつての部下に気付かない。周囲に誰もいないのを幸いに、復讐を果たすべく、真冬の海に突き落とそうとするが、もう一人の自分が現われ、止めさせようと葛藤する。結局果たせないまま老人を見ると、全くの他人でありイリュージョンだった、というプロットである。

この二人の女。どうも想像や幻影に関心を持たぬ現実タイプらしい。さらに仲良く、小説の形になっていないと口を揃えた。私は呆気にとられた。芥川龍之介の小説を読んだ経験がないと見える。芥川龍之介は「鼻」「杜子春」「蜘蛛の糸」「地獄変」――あらゆる非現実なテーマで人間の本質を説いた作家。彼女らの裁量では小説の部類に入っていないのだ。こんな編集者たちに小説の講評はそもそも無理。形式に捉われない、自由な作風の名作を書き残している芥川龍之介。少なくとも彼女らは、小説について感想を求める御仁《ごじん》ではなかったと覚った。

代表は小説とは直接関係ない、私の職歴や住居まで聞いた。書き手の表情を観察し、人間性を探って作品の批評にリンクする魂胆は、現代では滅法見かけなくなった手相占いと同じ。運勢を読むには掌だけ見れば済むはずだが、実際に占い師は、掌より相談者の顔の表情を参考にして占う。だから正確に呼べば顔相占いだ。

次に代表は、私の結婚歴を聞いた。これには私もムッときた。プライバシーまで申告する義務はない。きっと第二作に、女性に対する不信感が充満していると感じたからだろう、「女性を知らない男の文章」だと決め付けた。当たらずといえども遠からず。だが、作品とは無関係な質問。私は自分の小説について意見を問うているのだ。私は後悔した。講評は男性編集者を指定すべきだったと。そして今日の相談に、両目と口が開いたレスラー用覆面を被って来ればどういう展開になったかを想像した。

この代表、出版のことしか根底にないらしい。本を出版するのなら同人雑誌で意見を聞くか、友だちに読んで貰えと、厳しい口調で睨みつける。出版社への相談はその後の行動だと、順番の違いを指摘した。講評に自信のない証拠だ。

読んでくれる友人が身近にいないと答えると、今度は「友だちを作れ」と宣《のたま》う始末。私は人生相談・身の上相談を依頼した覚えはない。講評を貰う負い目があるので我慢していたが、途中で情けなくなり、腸《はらわた》が煮えくり返ってきた。

芥川賞の価値や存在感にスポットを当て、小説形式で書き上げた第三作もボロクソにこき下ろした。芥川龍之介に関心がある者なら誰でも疑問を持ち、暴露本は色々な人が書き、何冊も世に出ている。インターネットで検索すれば情報は簡単にリサーチできるのに、そんなことすら知らないのは知識不足だと突き上げた。以前インターネットで何度か調べたが、そんな情報は載っていなかった。代表は、書物で疑問点を訴えても誰も相手にしない。証拠はあるのか、示せるのかと言及した上で、芥川賞の実体に付いて蘊蓄《うんちく》を披露した。著作権の資金が賞の原資になっている点（これは知らなかった）、それさえ切れかけているように匂わせる発言に訝《いぶか》った。売れないから美人を選んでいるとか（やっぱり！）、受賞作でも書き変えを命じられているとか（大方の予想はついていた）、賞の選考方法に問題があるので本屋大賞が設けられたとか（そこまで知らなかった）、芥川賞は韓国では全く売れないと（当然だ。日本でさえ売れないのだから）。

自信があった第四作は読んだかどうか不明で、ひと言も触れなかった。正直、この第四作だけは褒めてくれるかもと少々期待していたが、面白い作品は褒めない主義なのだろう。

代表は私の短編集を網羅し、「独り善がり」を強調した。この出版社は短歌や俳句に力を入れていると知り、念の為に持参した自著の短歌解説本を見せると、すかさず「こっちの方がずっといい」とピシャリ。然しこれには失笑した。パラパラと3~4枚捲っただけで中身が解る訳がない。作品を観る目があるのか、本当に出版業を営んでいるのか疑いをもった。代表の最後の台詞が耳に残っている。

「すぐに潰《つぶ》れる、得体の知れぬ出版社なら褒めるかもしれないが、ウチでは扱えない」

結論を述べると薄笑いし、自分の机に戻っていたスタッフに目を移した。

「アッハッハッハッハッ」

釣られてスタッフが高笑いした。私は顔が真っ赤になった。代表は続けざま、

「誤字脱字はないし、ま、自費出版したいと言うなら応じてあげてもいいけど・・・」

私は唇を噛んで耐えた。代表は、私が「じゃ自費出版でお願いします」。言う

とでも思ったのだろうか。

無言の私に、代表は釘を刺した。

「どこの出版社に頼んでも、持ち込み料を請求されるのが業界の決まりですよ。東京辺りじゃ常識です」

「・・・・」

目論み通り展開しない進行に業を煮やした代表は、タラタラと相談に費やした一時間と、私の到着時間前に慌てて読んだ時間が勿体無かったのだろう。失った時間を惜しむネチネチ発言が今でも脳裏から離れない。

酷評とケチは違う。代表は、この業界は甘くないと戒めたつもりだろうが、私も還暦を疾《と》うに過ぎた、シビアな人間なので世間の厳しさは知っている。せめて「ト書きが多い。短編でも、もっと会話シーンを増やしたらリアルになるかも」とか、ズバリ「このテーマは現代では歓迎されない」でもいい。小説本体に関する意見をくれれば、「なるほど・・・少し推敲しよう」。前向きに、甘んじて酷評を受け付けたのに。公《おおやけ》の意見を無料で出したくないのなら、始めから金銭を要求しておけと言いたかった。あの代表、昔出版社の社員をしていたそうだが、一体どんなセクションに係わっていたのだろうか。お茶汲みか、コピー取りか・・・確かに社員に変わりはない。

この出版社の訪問前、もう一件原稿を預けておいた出版社に寄っていた。ここは歴史小説を手掛ける老舗として定評があるらしい。短編集に目を通した担当者は講評文を作成しておらず、淡々と抽象的な感想を述べると、芥川賞をテーマにした第三作だけ「強烈すぎる」と目を剥いた。最後に「このご時世ですから、企画出版は難しい」。お定まりの前置きで「自費出版ならお引き受けしますが・・」の返答。「企画出版するケースは、どういった書物ですか?」一応訊ねると、「例えば、過去に受賞歴がある場合とか・・・」紋切り型の答である。どの社でもそうなのだろうが、これも時代後れの回答だ。ネームバリューがある賞、そうでない賞、どれをとっても小説は売れない。売れないのは読者に購買意欲をそそる、価値ある作品が書店に並ばないからだ。売れなかった受賞作の二番煎じ、三番煎じが売れるとは思えないのに、一目置くところに出版社の脆弱さが見え隠れする。「次は、もしかして」の期待もあろうが、同じ「もしかして」なら、むしろ葉陰でひっそりと息づく、非凡な芽を探し出す方が幾分建設的だろうに。芥川受賞者を参考にすれば分かる。あれだけスポットライトを浴びても読者からそっぽを向かれているではないか。出版社は、何度チャンスを与えても背信する受賞者たちには「もしかして」の期待に代え、「潔《いさぎよ》く文学界から足を洗え」。しっかり引導を渡すのが務めであり、社会の掟でもあるのだ。持ち込み原稿を読み自費出版を提案するなら、まず作品に共感せよ。共感したのなら、感想をワードで入力してみろ。本当に共感した作品しか自費出版を勧めるな。そう主張したかった。

反省も大切だ。自宅に帰ったら芥川賞云々についての情報をもう一度収集し、同人会を探してみようと考えた。これも博多まで出かけた収穫。物事はポジティブに捉えるべきだ。それにしても、本物がいないなぁ、ホンモノが・・・。長崎に戻る高速バス内でぼやいた。

【同人会の検索】

ネットで検索すると、日本全国、九州にも結構同人誌のサークルはあった。地域の特色を活かす会あり、輩出した著名作家を売り物にする会、同人誌の年間発行回数をひけらかす会ありで、多種多様である。滑稽なのは、過去に芥川賞候補になった会員を有する誌があり、当人は会費を免除しているとの記述に笑ってしまった。芥川賞は読者の信用を失墜している賞。だから受賞しても値打ちのない賞だ。過去に幾度候補に上がったとしても、また最終選考に残ったとしても、屁のつっぱりにもならない。よって一般の会員と遜色はないのに、優遇するところにレベルの低さを感じる。会合を開けば、恐らくメンバーからヨイショされて鼻高になるのだろう。こんな会だけはごめんだな。こんな感想を持ちつつ、創刊が古く、会員も比較的多い近県の同人会「K誌」に目星を付けた。

「同人誌に短編小説を掲載し、評価を受けたい」。率直な入会の目的を、代表らしき人物にメールすると、すぐに返事が来た。歓迎のメッセージと、これからの運営スケジュールを知らせてくれ、誠意と好感を持った。入会案内書の送付を依頼すると、先にこれまでの執筆歴を訊ねてきた。物書きの経験と実績の確認だった。

数年前、N県O市の広報誌に二年間、毎月掲載したコラムのストックを二部郵送すると、入会規約と同人申込書が届いた。「少しは書けそうだな」。先方の反応が見てとれた。

入会規約で注目した項目は二点で、まず同人会費。年額2万円だが月払いも可。但し月額2千円とある。掲載作品については印刷負担金を徴収し、小説の場合は一枚200円が必要との決まりを了解した。もう一点が、作品の掲載可否については編集委員会で決定するという記述。宣伝、宗教、政治、公序良俗等に反する作品は掲載せぬ、とある。これも当然で、異論は抱かなかった。

メールで、入会規約の同意と次回の掲載時期を問い合わせると、怪訝《けげん》な返事が来た。「秋号の次の冬号には間に合うと思いますが、作品の出来次第です」・・・あたかも、作品の完成度が標準に達しなければ掲載しないケースもあるし、広報誌と小説はジャンルが違う。こう言いたいのだろう。確かにそうだが、次の「あなたの近くに住む会員Yが、今度100枚の作品を発表します」。この一文が引っ掛かった。「あなたの近くの会員Yも寄稿しますよ」。で充分ではないか。ここにステータスを感じた。つまり、100枚もの原稿を書くこと、書ける者は、それだけハイレベルだという偏《かたよ》った言い回しだ。それは違うだろう。長編を1000枚書いて掲載が認められても、反応が皆無であれば作品価値はゼロに等しい。一方で、掌編10枚であっても多数の人から読まれ、忌憚《きたん》のない感想を寄せられれば後者の勝ちである。枚数で書き手の文才は計れない。芥川賞と似た性質を感じ取った。次に「同人会に入っていただくことを前提に、まずは10枚～20枚ほどの掌編を送ってください。5枚ほどのものでも結構です。今までの例から言いますと、最初はどうしても書き直しになると思います。そこで挫折しないようにくれぐれも注意をお願いします」。・・・既に送った二部のコラム記事だけでは信用されていないのだ。慎重な対応は信用に繋がる証明でもあり、尤《もっと》もな注意と前向きに捉え、証明代わりに過去に書いた20枚の短編小説を郵送した。

判定を待ったが、短編小説の批評は全く寄せられなかったので、内容に問題点はなく、文才も及第点に達したものと解釈した。では新小説の構想を練ろうと、いつまでに原稿を送れば間に合うか、冬号の締め切り期限を訊ねた。

返事はいつもスピーディーだ。「まだ、あなたは同人になっておられませんよ。同人申込書はお送りしたはずですが」。それは分かっている。だからこそ、代表から「原稿を拝見しました。懸念は無いと思いますので、入会申込書を早めに送ってください」。この通知を待っていたのだ。こちらとしては、いつまでも試されたくないので、目的とする同人誌への掲載が容認される、適否判断を代表に委ねたのだ。然し「掲載は編集委員に一任となっておりますので、約束はできません」。と続く。私が送った短編小説は読んだかい？一応ちゃんとした文章だろう？誤字脱字が沢山あったかい？第三者的に判断して、宣伝や宗教、猥褻《ひわい》な文章だったかい？あんたが代表だろう？これまでに送信したメール、コラム掲載紙、短編小説、どれもリスクを感じさせる要因はないはずだ。この代表は私を好ましく思っていないと覚った。

思い当たる節がある。先日進呈された最新の同人誌に、某高等学校・校歌の譜面が載せられていた。譜読みができる私は、旋律を追っていて楽譜の拍子が不完全だと気付いた。次のメールで同人誌受領のお礼に加え、発見した誤りを指摘すると無視された。代表自身に音楽の素養は無くとも、せめて「ご指摘ありがとうございます。一応、関係者に質《ただ》しておきますので」。この姿勢が欠けていると思った。代表はきっと私に、「うるさい人物」のレッテルを貼ったのだろう。了見の狭さを予測した。入会を躊躇《ためら》ったが、入会しないことには掲載されないし、講評も貰えない。やむなく途中退会を視野に入れて同人申込書を投函し、折角なので進呈された同人誌の小説に目を通した。

15作ほど掲載されていたが、ざっと読み終えての感想は「期待外れ」。同人誌が素人の集団である点を割り引いても、同じ素人の私から見て、報告書、作文、記録文、自分史めいた形式が目立ち、小説になっていないのだ。誤字もあり、推敲や校正を行った様子が窺えない。ひどいのは、ひとつの小節（文節）内で、主人公が海外移動し新生活をしている設定だった。隣町を散歩するのとは訳が違う。パスポートの取得、渡航にも時間はかかるし、環境も様変わりするのだから、別の小節に移すぐらいの判断力が必要。代表が公言する、「作品は出来次第」とか「最初は書き直しになります」。の意味が計りかねた。ストーリーからして、危ういテーマ有り、卑猥な表現有りで、掲載規定の厳しさに一貫性がない。掲載の可否を最終的に決める、編集委員会も審査機能を果たしていないと見受けられ、同人誌の実態を知って憂《うれ》いた。

やがて同人申込書受領の報告と共に振込用紙が送られてきて、新たな要求が出された。「あなたのペンネーム『歌狂人卍』は少し検討して下さい。このようなペンネームで出すことは、まじめな文芸誌としてやがて○○年の歴史をも汚すことになりかねません」。？？ペンネームに異を唱えられたのは初めてだ。代表はここに疑問を持ち、警戒していたのだとやっと合点がいった。ペンネームは、確かに短歌に嵌《はま》り込んだ気違い坊主をイメージさせるが、そうではない。崇拝する葛飾北斎の画号に肖《あやか》ったペンネームにすぎない。この同人会が極めて閉鎖的な組織に思えた。内輪の者ばかりで交流し、満足し、新風を避ける風潮。江戸時代の鎖国対策同然で、ああ、文芸誌までも・・・と、嘆かわしくなった。

これでは入会しても長続きしそうにない。こんな連中にはいずれ感情が爆発するだろう。入会を諦めかけたが、先を考えて思い留まり、掲載にペンネームは用いず、本名で書くことにした。勿論、前納原則の会費は年払いではなく、月払いを選択した。中途退会すれば、先払いした分が返金されないのは目に見えている。

代表には、月払いを選択し、近いうちに振り込むとメールすると、予期せぬ返事が来た。「同人誌の月払いは、支払いが滞る方が多かったために、すべて年払いにしていただいております」。・・・入会規約にそんな説明は一行も記されていない。いい加減な集団だと確信した。「従って、月払いの人は一年間の納入状況をみた上で掲載の可否をするようにしています」。月払い者は一年間のお預けだと?アホか。そして、あくまで「掲載の可否」を強調。念を押すように、「月払いは1回2千円ですから、1年間分2万4千円を納入していただいた上で、原稿掲載の可否をするという意味です」。そんなことは分かる。だが、またしても「原稿掲載の可否」に触れている。要するに、「毎月会費を納入しても、掲載されるのは一年後。それより年払いの方が掲載されるケースは若干高いですよ。それも絶対ではありませんけどね。へへへ」。掲載を焦る者の足下を見て、目の前にエサを吊り下げ、欲しければ前へ進め。進まなければエサはあげないよ。まるでニンジン作戦だが、載ったとしてもせいぜいあのレベルではないか。馬と一緒にされてまで入会するのは恥だ。志は高く持とう。そう決めてファイナルアンサーを送信した。

「残念ですが入会を断念します。同人会規約に従い、遵守するつもりでしたので」

しかし本音はこうだ。

「誰が入会するか！甘く見るな！俺はホンモノしか信用しないタイプなんでね」

勿論、返事はなかった。数日後、インターネットで別の同人会を探した。遠方だが、斬新なサークルを見つけたので入会を打診するメールを送った。一瞬過《よぎ》った不安。「もしかして同じ穴のムジナかも・・・」予感は見事に的中し、返事は来なかった。返事一通出すのにどれだけ時間を費やすというのか。同人会そのものにも愛想を尽かした。ホンモノがいない。共感を分け合えそうな、本当の相棒が見つからない。

受賞者たちに、本物の書き手が何人いるのか分からない芥川賞。選考委員に、作品を観る目を持つ者がいるのかさえあやふやな芥川賞。受賞作の売れ行き・価値を確認もせず、名称に振り回され、メディアが囃《はや》したてる芥川賞。売れていないのに、「○○部」と発行部数を売上部数に誤解させる手口で芥川賞を華飾する出版社。同人会も含めた日本の文学界は、「良心」「誇り」という日本古来の伝統を失った、仮飾と虚飾の総合商社である。

【「裸の王様」チボリ君との出会い】


「本物がいない。ホンモノがいない、いない」

夢の中で自分が呟いている。

「そうだねぇ、ホンモノがいないねぇ」

ん?誰か応えたみたいだ。自分ではない。

夢か。そうだ、私は夢を見ている。夢の中の夢だ。

「夢の世界でもいいじゃないか、話をしよう」

「うん、夢の世界で会話するのって楽しそう・・・」

上の空で返事をすると、

「それなら、目を開けなよ」

重い瞼を開くと、目の前に西洋の服を着た子どもがいた。

「君はだれ?」

「憶えてないの?」

「会った記憶がないな」

「ボクはあるよ。童話の世界でね。君は子どもの頃、ボクに注目してくれたよね」

「さっぱり思い出せない。もう頭が硬くなっているせいもあるし・・・ヒントをくれよ」

「ヒント?えーっと、じゃ・・・アンデルセン」

北欧人の顔立ち、利発そうな表情、貧しそうな身なり・・・夢の中で閃きが走った。

「もしかして、『裸の王様』の最後に登場する、あの子ども・・・」

「ピンポーン、当たり!」

私はおかしかった。西洋でも正解だと「ピンポーン」と言うのか。じゃ、外れればやはり「ブー」と延ばすのだろうか。

「何を笑っているの？」

「いや、別に・・・」

「今日はね、君を励ましに来たのだよ」

「?ちょっと待てよ。その『君』って二人称、おかしいぞ。子どものくせに」

「それは違う。ボクの方が君よりずっと年上なのだよ。年恰好だけで判断して貰っちゃ困るな。日本には『年の功』って習わしがあるはずだよね？」

「じゃ、何歳ですか？」

「想像に任せよう。アンデルセンさんが『裸の王様』を発表した年代から判断すれば、大凡《おおよそ》の見当はつくはずだよ」

「裸の王様」は、発表されて少なくとも150年以上は経っていそうだから、童話に登場した時点で5〜6歳程度だったとしても、優に160歳は超えている。

「すみません。失礼しました」

「分かればよろしい」

「あの、質問と相談があるんですが、いいですか？」

「うん、いいよ」

「どうして老いてないのですか？見た目が子どものまんまじゃないですか」

「いーい質問ですね！」

私はまた噴きだした。満足そうな表情が、池上彰さんの語り口に似ていたからだ。

「正直、身体は年相応にボロボロだけれど、神様に特別にお願いし、見た目だけ子どものままにさせて貰っている。永遠に疑問を持つ姿勢を失いたくなくてね」

「永遠に・・・疑問を持つ姿勢？」

「そうだ。常に問題意識を持つ姿勢だ。東洋や西洋を問わず、どこの国の子どもたちも、物心が付く頃に質問が増えてくる。『ねぇお父さん。あれは何？』『お母さん。何でこうなるの？』『どうして？』『なぜ？』――こんな質問を日々繰り返し、親をてこずらせるものだ。答えられなくなると、最後は『学校で先生に聞きなさい！』。こう逃げる。

「そう・・・そう」

私は頷いた。どこの子だってそうだ。クラスのガキ大将も身体の弱い臆病者もみんなそうして大きくなった。そして君も・・・じゃない、この・・・ええと160歳の少年もそうだった。まだ名前を知らないが、物語の終わりに、パンツ一枚でパレードをする王様に向かって、「王様は裸だよ！何も着てないよ」。無垢に叫び、家来や民衆を目覚めさせたものね。華飾と虚飾を童話の中で暴いた小さなヒーローだ。「おかしい」ことを素直に「おかしい」。堂々と表現するのは、極自然の振る舞いなのだ。

「タイム、タイム。話を進める前に相談です。あなたの名前を教えてください。童話の中では紹介されていませんでしたよね」

「物語が短い寓話だから、アンデルセンさんは名前をカットしたのだ。ボクの名は自由に呼んで構わない」

「そう言われても・・・」

創作は私の得意分野。言い易く、可愛く、北欧・デンマークらしく・・・あれこれ知恵を絞るうち、若い時分に旅の経由地で訪れたコペンハーゲンを思い出した。夜道の散策でまよったこと。人魚姫の像見たさに長時間歩いたこと。滞在中お世話になった航空会社の日本人女性は、結婚して現地名で呼ばれていたこと・・・駅前にチボリ公園があって・・・そうだ！チボリ公園にヒントを得て「チボリ」がいい。

「チボリさんに決めました」

「いいだろう。君はネーミングが実に上手い。ええと、どこまで話したかな・・・」

「子どもの頃は、疑問を持つと、親を困らせるくらい質問するもの。というところです」

「そうだった。ええと・・・人は成長して大人になると、問題意識を持たなくなる。自身の仕事や生活のことは大切に考えるくせに。なぜだろう。世の中の疑問をすべて解決したからか？それは違う。知らないことは無限に存在する。だから人は追求を続けなければならない。何歳になろうと、浮かんだ質問疑問はメモし、帰宅して調べるぐらいの向上心が絶えず必要なのだ」

私が普段心がけていることを、チボリさんがサポートしてくれるのが嬉しかった。

「それに・・・これは日本人の悪い癖だが、どっちつかずの半端な姿勢でその場を凌ぐのは駄目だ。仮にA案とB案があって、B案が正しいと思っていても、立場や職務上、または反動を恐れてやむなくA案に同意し、支持する姿勢はけしからん。中立を無難とする神経は真に以て大人気ない。状況を読んで勝ち馬に乗ろうとする行為は軽蔑もの。これは実に恥ずかしい。また愚かな習慣、不要な儀式、無駄な公共工事等、自分には直接関係ないからと無視すれば、黙認したものと看《み》做《な》され、必要な物と判断されてしまう。よって悪しきもの、おかしなものが生み出され、社会のためにならない。この悪循環を断ち切らねばならないのだ。子ども目線で物事を見つめる大切さを訴えるため、子どもの姿でいたいのだよ」

「うん、うん」

「君もそれが分かっているし、普段から心がけている。それらをひとつひとつ取り組む根気強さも備えており、計画性もある。時々塞ぎ込み、迷うようだが、辛抱強くやりなさい。行き詰ったら夢の世界でボクを呼びなさい。おかしなことをそのままにしておくのは非生産行為だ。同人誌の代わりはボクがなろう」

私は本当に嬉しかった。背中を押してくれる人の有り難さを感じた。年に二度、芥川賞発表の時期が来ると、いつも連想するのがアンデルセンの童話「裸の王様」だ。上等の服を身に纏《まと》っても、実体が無い王様同様の芥川賞受賞者。お城の一室で、機《はた》を織る振りをする二人の仕立屋に芥川賞の選考委員たちを重ねる。機織りの様子を確認に行くが、布地が全然見えないのに、「色といい、模様といい、目を見張るようでした」。偽りの報告をする大臣や家来は、日本文学振興会や出版社の手先そのものであり、童話に登場こそしないが、当時はスポークスマンが国中に声を弾ませて広報したであろう。それは芥川賞の実体を確かめずして、問題意識を持たず宣伝に一役買うメディアであり、華飾と虚飾を共同演出している。

「励みになります。ずっと友だちでいてください。あの・・・お願いがあるのですが」

「何だい？」

「『チボリさん』って他人みたいですから、呼び方だけ『チボリ君』にしたい。だって、そんな幼い顔の人に『さん』付けは変です。いくら何でも・・・」

「・・・いいよ、『チボリ君』で」

「それではチボリ君にお聞きします。私が芥川賞の問題点を提起すれば、同じ疑問を持つ人たちは賛同するでしょうが、一方で反論する人も必ずいるはず。その対応をアドバイス願います」

「その昔、新選組も仕えた会津藩は、徳川家と繋がりがあり戊辰戦争では将軍側に就いたが、反政府軍には勝てず敗北、降伏した。いくら支持者が集まっても烏《う》合《ごう》の衆。勢力が弱まり倒れる時期が来たら崩壊するもの。熱烈な反乱軍がいても怖気づき、ぐうの音も出せない強烈なパンチをお見舞いすることだ。反論を想定した返答も含めて表現すること。日本の文学界を洗濯する意気込みでね」

「文学界を洗濯?どっかで聞いた台詞《せりふ》みたい」

「ボクはこれでも歴史好きで、日本の歴史にも関心が深い。取り分け幕末は最高だね。新選組に興味を持つ友人を知っているが、ボクは坂本龍馬に心酔している」

「龍馬ファンなら全国的にいます。確かに今、インバウンドと呼ばれる外国人観光客が多数来日しますが、目的は実に様々で、珍しいところでは、維新の志士ゆかりの地を辿るマニアもいると、テレビ番組で紹介していました」

「注目すべきは、龍馬が姉宛てに書いた手紙の『日本を洗濯致したく候』の部分。この『洗濯』の例えを選択したところがいい」

「・・・へーぇ、チボリ君は駄洒落《だじゃれ》まで憶えたのですか?そういうのを『おやじギャル』って言うんですよ」

「おいおい、それを言うなら、『おやじギャグ』だろうが。ギャルは女の子のことだ」

「あ、ギャルって言いましたっけ？間違えた。でも・・・そんなことまでご存じなのですか？」

１６０歳の外国人に注意され、私は恥ずかしくなった。

「大転換が求められた時代、古い思想から抜け出せぬ徳川の世を憂いた龍馬が洗濯したように、汚れきった今の日本文学界も徹底した洗濯が喫緊の課題。その垢が染みついた芥川賞こそ、真っ先に洗濯機に放り込まないといけないのだ。たっぷり洗剤をぶち込んでね。君が龍馬役をやってみろ」

「龍馬は新しい日本の夜明けを青写真に描きましたが、私が示せる青写真は有りませんし、私はそんなタイプじゃありません。だから小説という手段で訴え、日本文学を愛する読者たちと共に考えたい。切り込み隊長役が似合わない私は、ネコの首に鈴を付ける役に徹したいのです」

夢で会えたチボリ君とこんなやりとりを交した。そうそう、最後にこんな質問をしたのを記憶している。

「チボリ君！ズバリ聞きますが、良い本ってどんな本でしょう。条件があるんでしょうか？」

「いーい質問ですね！待っていたよ、その質問」

池上チボリ君は首を傾《かし》げると、宙を見たまま答えた。彼を生んだ、天国のアンデルセンに伝えるかのように。

「良い本とはね。目からうろこが落ちるというか、読み終えて余韻を残すものだ。感動や発見を提供してくれ、忘れないうちに感想をメモしておく心境にさせる。必ずまた読もうと栞《しおり》を挟み、蛍光ペンでラインを引き、大切な蔵書となる。そして誰かに伝えたくなる。感動や発見のお裾分けだね。それが口コミで広がってゆく。それらが何かの拍子にふと閃き、日常生活の中で記憶がコツコツと『今だよ、確かめるのは』ノックする。棚から取り出し再読すると、予想しない感動や発見を新たにくれる。このように循環させるのが良い本の条件だよ」

私は高校時代を思い出した。一年生から芥川龍之介の文庫本に読み耽《ふけ》った。文体が古典的で理解しづらい部分も多かったが、必ず最後まで読み、大体のあらすじを頭に入れた。テーマの選び方が凄い作家という印象を持った。本棚に仕舞った文庫本を何度か読み直した記憶があり、そのまま実家に保存してあると思い込んでいたが、以前帰省した際に探すと、一冊も無かった。廃棄した覚えはなく、多分読書好きの兄の手元にあると考えられる。だが訊ねたことはない。・・・私は対照的な質問をした。

「じゃ、つまらない本の条件は？」

「つまらない本など無い。どんな本でも、作者なりに身を擦《す》り減らす思いで書いたのだろうから・・・。そういう発想をすれば、値打ちのない書物も無いのだ。値打ちがあり、世に出す意味があると思ったからこそ出版に至ったのだろうから。・・・そうだろう？」

「それでは、芥川賞受賞作に人気がないのはなぜでしょう？」
「何も残さず何も産み出さないからだろう。長いページに埋めたのは文字だけ。一体どんなメッセージを読者に発したのか。如何なる基準で賞に選ばれたのか。この程度の書き手なら方々にいる。という総評しか残していないのだ。選考委員は目先で決め、メディアは無神経に配信し、出版社は無理に売ろうとするから、益々読者離れが加速してゆく・・・悲しいねぇ」

【菊池寛との出会い】

目を覚ましたのは真夜中だった。用を足すと不安が過った。こんな日の朝は起床前に、一人で難敵に抵抗する夢をよく見るのだ。夢の中といえども負ける訳にはいかぬ。しっかり踏ん張って相手と対峙するが、力を入れ過ぎると必ず右脚が吊る。その直前、反射的に異変を察知するので、膝を曲げて防御するが、間に合わなければ目覚まし代わりに強烈な痛みが私を起床に導く。

その不安を解消すべく、再びベッドに潜り込むと、飼ってもいない犬と日向ぼっこする様子を思い描いた。このイメージは、頭が冴えて眠れない時にも効果がある。私の眠りの精は、羊より犬が好きと見える。だから無性に犬を飼いたくなる。犬は人間を裏切らぬ動物であり、人の本質を見抜く代表、且つ正直な生きものだからだろう。

だが慣例に反し、未明に見たのはこれまでにない珍客を初めて迎えた夢だった。私はベッド派だが、夢では和室に布団を敷いて寝ていた。そして枕元で誰かが胡《あ》坐《ぐら》をかいていた。まだ夜明けには早い室内に、和服姿で腕組みをし、申し訳なさそうに私を見下ろす丸メガネの肥満体男性。微《かす》かに見覚えがあったが、俄《にわ》かに思い出せなかった。目を開けた私に、男はいきなり説明を始めた。

「あの世から来た。君はいつも夢の中で私を探しているが、何か用事があるのだろう?だから出張して来たのだよ」

私は横になったまま男を観察した。鼻髭を生やし、モジャモジャ頭の後ろに手を置く仕草に記憶がある。確か雑誌の特集記事で見た特長ではなかったか。記憶の扉はすぐそこまで開きかけていた。

男はざっくばらんな語り口で、喫煙の許可を求めた。

「タバコを吸っていいかね」

段々と思い出してきた。過去の新聞紙面で見た人だった。「確か、あなたは・・・・」語尾を長く繋ぎ、ガバッと身体を起こすと叫んだ。

「菊池寛！・・先生・・・でしょう？」

既にタバコに火を点けていた先生は返事をせず、美味そうに煙を吐くと、いきなり聞いてきた。

「芥川賞のことだね」

私はピンときていたが、正直もう少し観察する時間が欲しかった。ここはもっと驚く場面である。「唖然」としたジェスチャー、「意外」なリアクションがこの場で要求される。ストレートに話しかけられると返す言葉に詰まるし、先生には質問事項が山ほど有り、整理する時間稼ぎが必要なのだ。先ずオーソドックスに驚きの表情で凌ぐことにした。

「エ？」

要領を得ない返事に、先生は困った表情を見せた。「はい、そうです」。明確な返事を先生は期待していたと見える。先生はよく知られたエピソードと違い、どう話すべきか迷う表情が愛らしかった。火の点いたタバコを持つ左手首に、腕時計が一つ見えた。二つはめていたとされる腕時計。右手は頭の後ろを掻いていたので、もう一個は確認できなかった。次に帯の状態に着目したが、胡坐をかいていたので確認は不可能だ。だらしなく垂らしたとされる、先生の帯が見たかった。滅多にないチャンスに舞い上がり、さらに観察していると、また同じ質問が発せられ、急《せ》かされた。

「芥川賞のことだね」

パートで出勤する、私の起床時刻を気にされたか。それともウルトラマンのように地上に滞在できる時間が限られていて、カウントダウンを気にしておられるのか、先生はせっかちだった。私は先生のペースに合わせることにした。

「はい、そうです」

「・・うん・・」

半分満足し、半分言い難そうな先生の胸中を察した私は、布団から出て畳に正座すると捲《まく》し立てた。

「先生！先生は現在の芥川賞選考に関し、どう思われますか？私は疑問ばかり持っています。滑稽で摩訶不思議、バカバカしく愚かで、年に二回受賞が発表される度に腹立たしく、そして情けなく、嘲《あざ》笑った後で憤り、最後には呆れ、日本文学界の行末を憂慮しています」

「ふん、それで・・・」

乗ってきた、乗ってきた。先生は上目使いにこっちを見た。人懐っこい表情であった。

「芥川賞を創設されたのは先生です。今はこの世の人でなくとも、先生には創設責任があります。率直にお答えください。今日に於ける芥川賞の価値について・・・」

「正直に言おう・・・無いよ。君が言うのは尤もだ。芥川賞の有り方、選考基準の変更、見直し云々、大鉈《おおなた》が必要だと私たちは思っている」

幾分肩を落とし、俯《うつむ》いて喋る先生。指に挟んだタバコは半分灰になっており、急ぎ私が用意した灰皿に先生は黙って灰を落とすと、眉間に皺を寄せ私の言い分を待った。

「現在の芥川賞全てに付き、私はおかしいと思っています。出版社、選考委員、受賞者、メディア、読者も、です。先ず、どうして事前に発表するかについてです。何ゆえ作品が書店に並ぶ前に発表されるのでしょう。出版後、反響を確かめてから選んでも遅くないのでは?」

先生はタバコの火を消して腕を組むと、天井を見つめたまま回答を探し始めた。

「無名でも有能な新進作家を世に出したい。経済的に恵まれぬ、文学の表現者を育てようと創設に奔走したのは私だが、必ず出版前に選ぶように・・・・えーと」

目を瞑《つむ》り、遠い記憶を引き出すように先生は言葉を紡いだ。

「・・指示はしていないはずだ。当時、選考後直ぐに発表したのが事の発端。以降、それが慣例になってしまった・・・というのが真相だろう」

すかさず私は指摘した。

「創設当時はそれで罷《まか》り通ったと思います。期待通りに才能ある作家が現われ、受賞作は好評を博し、確実に売上部数が伸びたのなら。しかし現在は酷《ひど》すぎる。芥川賞は惨めさを文学界に晒しているではありませんか。受賞作が売れる可能性は低いのに、賞を事前に与えるのは１００パーセント奇妙。賞の乱発です」

「うむ。残念だが・・・その通りだ」

先生は肯定した。

「おかしくはありませんか？」

「おかしいとも。発表すれば昔は売れた。だから問題視されなかった。最終的に販売部数で以て注目・人気度を裏付ける形となり、読者は賞の価値を崇め、選考委員は信頼された。また当時は、本でしか伝わらない書籍文化というか、名作・力作の魅力を、出版業界は使命的に発揮していた時代だった。亡くなって黄泉《よみ》の国に来る作家たちに話を聞くと、すっかり今は様変わりした。作家の類は掃いて捨てるほどいるのに、肝心の芥川龍之介の再来を予期させる、深い洞察力を備えた書き手は現れなくなった。平凡に産毛《うぶげ》が生えた程度の表現者が運良く芥川賞に選ばれ、ちゃっかり脚光を浴びる。これが紛れもない現実だろう。嘆かわしいが・・・」

「日本レコード大賞の様に年末に審査し、その年に売れた曲目、注目された曲目を選べば視聴者は納得します。仮に予想した曲目が大賞を射とめなくとも、二位辺りにノミネートされた曲が大賞に輝きさえすれば、文句を言う者はいません。芥川賞の場合、(直木賞も似たりよったりですが)読者が作品を手に取る前にさっさと受賞作を発表してしまい、然程《さほど》売れない。この傾向は随分前から続いているのに、主催者側は一向に改める気配無し。『芥川賞は読むだけの価値がない』読者は疾うに匙《さじ》を投げていますよ」

「その点は私も危惧しているし、時々会う直木君も懸念している。二人して改めさせたい気持ちは一致しているので、振興会の幹部や選考委員たちにそれを気付かせたいのだ。だから君のように夢でいいから私たちを呼んでくれれば、枕元に現れて彼らに『喝』を入れ、選考基準の変更を検討してみろ。意見してやれるのだが、ヤッコさんたち、私らを求めてくれぬ。現世へ来させないのだよ。問題意識を持たぬ人間はこれだから困る。後先のことを考えずに行動する輩《やから》ばかりだ。これは出版関係者に限らぬが・・・とにかく気にかけておる」

こう呟くと、先生はまた右手で頭をかいた。私は畳み掛けた。

「ところで、本家本元の芥川先生は、どう言ってらっしゃいますか？」

「彼の意見はこうだ。『気付かぬ理由《わけ》はない。曲がりなりにも本を拵《こしら》える立場の出版社に、疑問が芽生えぬ筈がない。世論から「もう芥川賞は不要だ」の声は届いているだろう。だが現状を変えるきっかけがない。だから変えるに変えられず、惰性的・慢性的に与えざるを得ないのだ』と、判るかね？」

　予想通りの回答だった。

「想像はつきますよ。要するに、誰もネコの首に鈴を付けたがらないってこと・・・」

　先生も苦笑いして認めた。

「そうだ」

　次に私たちは、二人揃って同じことを言おうとして顔を見合わせた。

「これじゃ、芥川龍之介の名声が泣く一方・・・」「真に以て、芥川賞を設けた意味が失われて・・・・」

　譲らず、私が先に怖い物知らずの口調で喋った。

「何せ売れないのですから、出版後に発表すれば益々対象作を決められなくなり、無理に決めれば、読者受けしなかった作品に、何で賞をやるのかと非難されるのが落ち。思いきって選考基準を変えれば、どうしてもっと早く変更しなかったのだ。遅いと、これまでの受賞作がフロックで選ばれていたのが露呈し、読者をバカにしていたのだろうと、誹謗中傷されますからね」

「その通り。『受賞者を決めるのは、しかるべき期間を経過した後に』と言い遺すべきだった。私が愚かだった。今となっては猛省している。ところで、フロックとは何だ。まぐれ当たり、のことか？」

「お察しの通りです。先生」

「選考委員の資質にも疑問が有ります。選考責任というものは無いのでしょうか。毎回、殆ど同じ委員で構成されますが、最終的に読者が買わない作品を推してしまう、良心の呵責は無いのでしょうか？」

「無いね。数点に絞った作品の中から選べば、それで役割を果たしたと彼らは満足する。芥川・直木賞受賞者の肩書きさえあれば適任とされる、硬い鎧に彼らは守られているからな。作品が売れないのは出版不況のせいだと責任転嫁できるから、選考は楽だろうね。ま、楽では無かろうが、賞選びに苦慮している素振りは見せているようだ」

「世間体を気にせずに？」

「彼らも自著が売れず、青息吐息だろう。そんな折りに選考委員を務めさせてくれるのだから、箔は付くし、二百万円と言われる選考報酬は貴重な収入源だ。『読者の反応が弱くとも、候補作で一番良かった物を選んだ。全員で相談して決めた』このひと言で逃げられる」

「でも・・・時々は、『今回は受賞作無し』でも良いのでは？」

「それをやったら出版社が気を悪くし、後が怖いので意図的に避けるのかもしれない。選考委員を外され、原稿の依頼が減る・・・とか、印税で生活できない連中ばかりだろうから、従わざるを得ない。或いは、出版予定社がこっそり『この作品に決めなさい』選考前に指示する可能性も考えられる。とにかく本が売れぬこの時代、出版社にとって駄作でも構わぬから決めてくれれば、マスコミは大々的に発表するし、少しは売れるかも・・・そんな目論見があるのだ。情けない話だが、出版社の権威は疾うに地に墜《お》ちている。

「ハッキリ申し上げて、芥川賞は誰のために有るのでしょう。私も読者も、賞は読者の為に有ると信じているのですが、いいえ、信じたいのですが・・・」

「芥川賞は、まず新進作家を世に出す為に有り、言うまでもなく読者の為に私は作ったつもりだが、実際のところ、読者の為に存在していないのは残念極まる。新進作家と出版社と選考委員のために乱用されておる」

「『実際のところ、読者の為に存在していない――』。芥川賞創設者の口から聞くとは思いもしない回答だったが、逆に『それは決まっている。芥川賞は有能な新進作家育成と芥川龍之介ファンの為にあるのだ』と、威厳に満ちた口調で語って欲しかった。理想と現実のギャップに嘆きながら、私はかねてから抱いていた質問をした。

「審査がどう進行されるか知りませんが、私は素朴な疑問を持っています。開始に先立ち、まず候補作がリストアップされます。９人の選考委員が仮にＡ～Ｅ５人の作品を俎上に載せるとします。ここで私は思うのです。もし選考委員が全く別の９人のグループだったら、果たしてＡ～Ｅの作品をノミネートするだろうかと。全く違う、Ｆ～Ｊの作品を選ぶ可能性だってあると想定できませんか？先生の仰る、平凡に産毛の生えた作品しか生まれていない現状を考慮すると、どの作品でも大賞に該当すると思いませんか？それなら、結果どの作品に決めようと、五十歩百歩、ドングリの背比べ、甲乙付け難く、けだし変わらないような気がします。それなら受賞は実力で決まるのではなく、運が良かったから選ばれたと言っていいでしょう。受賞作と次点作に開きは無いのでは？有るという根拠があっても、それは選考委員たちの屁理屈。読者が知る術はありませんからね」

「それは、いささか言い過ぎじゃないかね。時に、ひとつの作品を選考委員全員が推《お》す場合とてあるだろう」

「と、しても、ですよ。結局読者の反応が弱く、注目の対象にならなければ、選考委員はどこに目が付いているのだ、と抗議されます。どんな言い訳ができましょう。プロ野球に例えれば判ることですが、現役時代は名選手で鳴らした人物が、名コーチ、名監督になる確証はありません。選考委員イコール名伯楽《はくらく》とは限らないのです。言い換えれば、芥川賞を目指して喰うものを喰わず、就職もせずに変人扱いされ、ひたすら執筆に打ち込んだ挙句、選考に漏れ茫然と肩を落とす落選者は実力で負けた訳ではありません。クジが外れたに等しいのです。そうでしょう？」

私は言葉を続けた。

「こうも、思うのです。意見が割れ選考が進まず、どれを選んでも大差無い作品と判断した場合、どうするのだろうと。おおかた、『入れ札』で決めるのではないかと・・・」

ジーッと聞き入っていた先生は、ピンと耳を立て私を睨んだ。

「入れ札？」

「先生の小説にある、あれですよ。国定忠治が追っ手から逃れる手段として、目立たぬように子分たちをバラバラに移動させる際、誰を忠治親分のお伴に付けるか、子分たちに半紙に書かせて推薦させる・・・」

「うむ。だが、あの作品と一緒くたにしてはいけない」

「冗談、冗談です。さすがに候補者たちに決めさせることはないにしても、選考委員たちはマンネリ化していて、『選考を始めるのは良いけれど、ご多分に漏れず、これもあれもそれもどれも、結局売れないだろう。それならいっそ適当に決めようや。時間の無駄だ。クジでも作らないか？ここは密室だ。外部に秘密にしておけば隠し通せる』。入れ札と寸分たがわぬ、似たような謀《はか》りごとが無かったとは言い切れないでしょう?やったという証拠は無いが、やっていない証拠とて無いのだから・・・」

「やめてくれ！言い分は判るがやめてくれ。幾ら、幾らなんでも、そこまで無責任ではなかろう」

　私は先生に物怖じせず、声高に攻撃した。

「疑われても何も言えないはず。とにもかくにも、たいして売れない作品ばかり無神経に無際限に発表し続ける以上、邪推されても文句は言えないでしょ。悔しかったら読者に一目置かせる作品を選んでみろ！『今回も該当作無し』と毎回発表してみろ！『責任を持てないので、今回を以《もっ》て芥川賞選考委員を下ります』と白旗を揚げさせ、嘘《けしか》けたい気分です」

「落ち着きなさい。興奮しなくても会話はできるから」

「私はどうにもこうにも、無神経な奴らや空気を読まない奴らを見ると、胸糞《むなくそ》が悪くなる性質《たち》なのです」

「だから落ち着け！・・・何年か前に、該当者無しのケースもあったと思うが・・・」

「有りました。ちゃんと選考していると思わせるパフォーマンスでしょう。それより、私が感心したのは元・都知事の石原さんです。以前に『バカみたいな作品だ』

と酷評して選考委員を下りましたね。あれは筋の通った立派な言動ですよ。あれくらい選考に対し責任感を見せないとおかしい。そんな気構えも緊迫感も無しに、最終的に読者を満足させる、権威の有る偉大な賞の委員は務まりません。使命感を持たず、義務的に決めるだけのノホホン委員の気が知れない」

「うん、うん、曰《いわ》く付きの選考会議で最終的に選ばれた、その作品の著者は、受賞発表会の席上で感想を求められ『貰っといてやる！』とか何とか啖呵を切ったらしいが、売れたのだろうか？」

「売れていないと思います。とどのつまり、半発屋以下だったようです」

「半発屋？」

「私の造語です。昔、歌謡界に『一発屋』という隠語が有りました。デビュー曲だけ大ヒットしたのに、二作目から全く売れずにレコード界から消えて行く歌手のことです。歌謡曲の場合は良いのです。間違いなくデビュー曲はレコードが売れた事実があるのですから。然し芥川賞の場合はデビュー前に発表し、鳴り物入りの派手な宣伝に支えられて売り込む企みですから、ある程度部数が伸びたとしても実力は半分。よって半発屋。宣伝が無かったら、そんなに売れなかったと考えるのが論理。翻《ひるがえ》って現在は、如何なる宣伝をしても売れず、半発屋どころか、『四分の一発屋』が現芥川賞作家に相応しい代名詞でしょうね」

「君は言いたいことをはっきり言うね。で、その著者さん。次の作品を発表したのか？」

「何作か出しているようですが、売れてないでしょう。時の人になっただけのこと。名誉だけ得たからそれでいいと満足し、こっそりひっそり生活しているのでは・・・」

「そう聞くと、似て非なる作家たちも多数あの世で暮らしている。その作家のように、すったもんだ騒ぎこそ起こしていないが、確かに半発屋も四分の一発屋も多いね」

「受賞が決まると、すっかり大作家の仲間入りを果たしたと著者は自惚れます。恒例パターンとして、受賞作を高く平積みした書店にサイン会が設けられ、招かれた著者は笑顔で一丁前にスラスラとサインペンを走らせますが、勘違いしているのです。芥川賞作家の一員になったのではなく、プロ作家道の入口に立たされただけなのです。以後は忘れ去られていく一方の運命を秘めていることに気を回さず、さも得意そうに自著の余白に氏名を認《したた》めるのは、見ていて滑稽。本当のサインの値打ちは、二作目、三作目、四作目以降と進むに従ってグレードアップしていくもの。ただ彼らも多少の客観性はあるでしょうから、決して価値が認められたと本気で信じる者はいないでしょうけど、折角のチャンス。憧れのスター気分に浸りたいのでしょうね。だけど受賞作だけにはサインをしない方が賢明と思います。数年も経たない内に読者から一冊５０円で古本屋に買い取られ、サインがあろうものなら赤恥をかくのは著者自身ですから」

先生の顔は怒りと憂慮の表情を滲《にじ》ませていた。

「そこまで・・言うか」

「言いますよ。違いますか?受賞したと派手に自慢したところで、たった9人が、選考委員の立場で、しかも事前に決めたに過ぎない。賞の最終選考委員は読者なのです」

「・・・うむ」

「9人いれば、意見だって分かれるはず。選考委員それぞれにジャンルが違いますからね。ある者は恋愛小説、ある者は時代劇、またある者はフィクション派とかで、推す作品は多岐に渡るのが普通です。難航した挙句、妥協して一作を選ぶ訳でしょ。即全員一致で決めたとか、傑作に出会ったという選考委員の感想は眉唾もの。それなら何故売れないのか。そもそも作品を観る目を持っているのか。物書きのプライドや意地は持っていないのか。あるのなら証明してみろ、と罵声を浴びるのが関の山です」

「それにしても・・・君は言うね。・・・呆れた。逆に、私は君に興味を持ったよ」

「メディアにも責任があります。一体いつまで過度に芥川賞を宣伝するのでしょう。どの新聞でもまず社会面で発表し、別の紙面を割《さ》いて横顔を紹介しています。ご丁寧にテレビニュースでも報道している。各記者たちは超有名な賞だから立派な賞だという固定観念で取材し、探究心はストップしている。よって浅はかな知識しか持たずに記事を書くだけ。疑問を持ち、『異議あり！』と、クローズアップするジャーナリストが一人ぐらいいても良さそうなものですが・・・」

「・・・うん・・うん・・・それは確かに問題だ」

「むしろ、本屋大賞の方が選考基準は高い。書店に並べられた小説を、書店員があらゆる角度で焦点を当て、ノミネートしてゆくこちらが断然、選考力が優れている。推薦の甲斐あって売上部数が伸び、読者の称賛を受け、映画化される佳作もある。芥川賞の選考も書店員に任せる方が正確性はある」

「そうも、いくまい。芥川賞の選考なら、やはり芥川賞作家に選ばせ・・・」

先生に対して尻込みせず、私は人差し指を立てて揺らしながら言い放った。

「そこが盲点なのです、先生！・・・芥川賞は特別な賞だからと、読者は、世論は、記者は、洗脳されているのです。肩書きに畏《いふ》怖する、日本人特有の敬い方を根本から覆さなくてはなりません。芥川賞はビンゴ賞みたいなものなのですから」

「ビン・・コショウ？・・・調味料と芥川賞にどんな関係があるのだ」

「瓶胡椒じゃありません。ビンゴ賞です。ビ、ン、ゴ・・・・一種のゲーム感覚でやるクジのことです」

「よく判らんが・・・」

「縦横にそれぞれ5列ずつ数字が印刷されたカードがあります。それは一枚一枚違っていて、同じ組み合わせのカードはありません。読み手が読みあげる数字が出たら、その数字を折り込んでいきます。何度も読みあげるうちに、縦、横、斜め、何れかを一直線に五つ、早く揃えるゲームです」

「?・・・」

「芥川賞の選考はこれに似ています。候補作数だけカードを配り、サイコロでも振って番号を出せば、いずれ必ずどれかのカードが一直線に並ぶでしょう。それを受賞作にするのと寸分変わりません。実力で無く運に左右される類の選び方ですから・・・」

「・・・今ひとつ判らんが、君は実に無茶苦茶を言うね。熱心な芥川君のファンなら怒り出すよ」

「それは逆でしょう。本当の芥川龍之介ファンなら、誰しも現在の選考方法にクレームを付けると思います。付けないファンは芥川作品の真髄を知らない人です。疑問をぶっつける勇気、それに、その表現手段を考え付かないだけで、芥川賞の現状に幻滅しているファンは大勢いると信じます。かくいう私が及ばずながら、関係者から疎まれ恨まれるのを承知で、文章で訴えたいと、密《ひそ》かに闘志を燃やしているところです」

「それは・・・君がネコの首に鈴を付ける、と言う意味か?」

「ハイ、しがない一匹のネズミがネコ軍団相手に、『おかしなことはおかしい』抗議する訳です。相手にとって不足はありません。ゼロ戦一機で、グラマン100機プラス空母や駆逐艦に攻撃を仕掛けるのですから、撃墜されて元々ではありませんか。しかし転んでもただでは起きません。せめて空母の管制塔めがけて突っ込む気迫は持っています」

「そんなことをして、君にどんな儲けが転がり込むと言うのだ」

「芥川龍之介の名誉を守るため、です」

「・・・名誉を守る?」

「芥川龍之介は稀代の作家、カリスマ作家です。それは先生が一番よくご存じの筈です」

賞を創設した昭和10年を思い出されたか、先生は生真面目な表情で何度も頷いた。

「うん・・うん・・・うん、言わなくとも充分に判るとも。それで？」

「芥川龍之介は短編の傑作を数多く残しています。どこか神がかりで、ベートーヴェンの交響曲に似て、読者に物事の原点を語りかけ、迷いを生じた者への導き、考え方、忠告、慈しみ、幸福感――作品の数々にそれが蓄積され、読み人にメッセージを託しています。小説のバイブルとも言えます」

先生が興奮してきたのが見て取れた。目を見開き、顎を振って私の話を聞いていた。先生が若かりし頃、恐らく同じ発想で小説の構想を練られたのではないか、そんな気がした。

「翻って現代の芥川賞作者。短編でなく長編ばかりで、著書からは芥川を彷彿させるイメージも、神々しさも窺えません。一歩譲り、受賞作が優れていたとしても、二作目以降がさっぱりなら、所詮ビギナーレベルの書き手だったという証しなのです」

「ひとつ聞くが、君は受賞作を読んだことがあるのかね？」

「いいえ、読む必要はありませんから」

「君、いちゃもんをつけるも良いが、それなら先ず読まねば・・・」

私は先生の素朴な指摘を遮《さえぎ》ると、自信を持ち声高に答えた。

「読者が反応を示さない作品を買うバカがどこにいますか。そんな金が有れば、多少なりとも社会福祉協議会にでも寄付した方が増し・・」

「いや、買って読めとは言っとらん。図書館から借りれば無料で読めるだろう」

「読むに値しない作品を読むのは時間の無駄。『時は金なり』と言うではありませんか。一読するのに四時間くらいはかかるとして、それだけ貴重な時間をかけて読んだのに、つまらない内容だったら時間の浪費でしょう。元都知事・石原さんの台詞をそのまま借り『バカみたいな作品』だったら、大切な時間を失うではありませんか。時間を返してくれますか？・・もうひとつ理由があります。近いうち私も書き手の一人になります。私自身が生み出した文章が、某・芥川賞作家の引用だとか、文章が酷似していると言われようものなら、頭に血が上ります。

実力が怪しいラッキー作家と同類に扱われるほどの屈辱はありません。豆腐の角に頭をぶつけるか、素麺《そうめん》で首を吊って死にたくなります。尤も、芥川龍之介の一作品に似ている、と言われるのなら納得も我慢もします。芥川龍之介は短編小説の神様なのです。私は一般読者が無視する作品は決して読みません。いわんや出版社とかメディアお薦め作品は絶対信用しないことにしています。敢えて読むとしたら、一般読者の感想文とかで薦められた本の場合だけでしょうね」

「繰り返すが・・・受賞作は一作も読んでいないのか?」

私はさらに強調した。

「一作も、です」

先生は呆れた。

「文学ファンなら、普通は一作品くらい読むものだ」

「先生!先生に窺います。先生は蕎麦《そば》が好物と聞いていますが、客が寄りつかない蕎麦屋の暖簾を潜《くぐ》りますか?酔狂で食べに行きますか?」

「今度は店屋物に例えるつもりか」

「美味い不味いは客が教えてくれるのです。客が集まらない店へ、物好きが味を確かめにわざわざ喰いに行くのは愚の骨頂。もう一度窺います。先生は食べに行きますか？」

先生は溜息をついた。

「フーッ・・・・」

「芥川賞を受賞したということは、料理で言えば一流シェフのお墨付きを頂いたことなのです。受賞者が出す味は一流で、自分で店を構えて食っていけますよ、と太鼓判を押して貰ったに等しい名誉を賜わったのです」

「うん、うん、そうだ」

「そして店をオープンさせた。例えば、えーと、やっぱり蕎麦屋にしましょう。最初だけ看板や折り込みチラシに釣られ、物珍しさで客が来た。然し、日を追って客が減り、やがて閑古鳥が鳴き、ついに店が傾きかけた頃、先生は蕎麦を食べに行きますか?行かないでしょう」

　先生は私の話を真面目に聞いてはいるが、返事をくれなかったので催促した。ここは大切なポイントなのだ。

「食べに行かれますか?先生!」

　先生はトーンダウンし、バツが悪そうに答えた。

「多分・・・行かないな」

「芥川賞も同じ発想です。大昔の心ある芥川ファンなら一度は店を訪れ、自分の舌で味を確かめたでしょう。だが期待したほど満足せず、前評判を信じるのはもうやめようと、以後は味を確かめるのも煩わしくなってしまった。美味いというのは宣伝だけ。もう食わずとも不味いと判る。店に『そして誰もいなくなった』。これはアガサ・クリスティーの傑作。『そして誰も相手にしなくなった』。これは芥川ビンゴ賞の傑作。判ります?先生、この違い、このパロディー」

「・・・・」

「『傑作』には、対照的な意味があります。前者の『傑作』は出来栄えの優れた作品を指し、後者は滑稽で笑いものにする時の表現法・・・」

言葉を止めて先生を見ると、さすがにムッとしていた。私は目いっぱい受賞者たちを揶揄《やゆ》しているのだが、先生はご自分が恥をかかされたような表情をしていた。

「君は、君はね、君はそう言うが、きちんと受賞作を評価する読者だっているかもしれないではないか」

「いることはいるでしょう、一部なら。その、ほんの一部を納得させるのに、芥川賞を与えるべきではない、と私は提言しているのです。重みのある芥川賞より、軽めの『何とか新人賞』で充分なのです。芥川賞は、平凡に産毛が生えたレベルの作家には荷が重すぎる。乱発はいけない、と申しています。どうしても芥川賞を与えたいのなら、『何とか新人賞』を新たに設け、与えた後の続作レベル、売れ行き、文才を見極め、どれだけ読者を満足させたか世論に問うてから決め、差し上げる筋合いのご褒美と断言します。いかがでしょう、先生？」

「うーん、悔しいが・・・一理あるな」

「それから、私はマジで思っています。芥川賞を、今述べた理由で無くす代わりに、直木賞を二人選んではどうだろうか、と」

先生は怪訝な表情で私を見た。

「・・・今度は何を言い出すのだ」

「芥川賞と直木賞を同レベルで扱う点も問題です」

「ふん、判るように説明したまえ」

「芥川龍之介は本物の小説家、文豪です。数多《あまた》の傑作を書き残していますが、直木三十五は後世に評価されるような作品を残していません」

「残してはいない。しかし文藝春秋社に貢献してくれた。だから賞を制定したのだ」

「先生も名作を多数書かれていますから、身を以てご存じのはず。原稿用紙に文章を埋めてゆく労苦を思い出してください。膨大な精神力と体力を消耗されませんでしたか？現代のようにワープロもパソコンも無い時代、果たして何百枚の原稿用紙をくしゃくしゃに丸め、ゴミ箱に放り込まれましたか。読み手を満足させる名作を何編も生み出した天才の傑作と、一時的な貢献度は区別しなくてはなりません。よって私は提案します。新人対象の純文学、大衆文学でエンターテインメント系、なーんて、糞食らえ！出版不況の今日日《きょうび》、どうでもいいこと。主催者側の建前やこじつけ云々であり、芥川龍之介との足跡とは区別して讃えねばなりません」

「肝心の読者の意見はどうなのだろう」

「私は賛成してくれると思います。以前は賞が発表されると、敬虔《けいけん》な読者がその感想を新聞に投稿したものです。今では全く目にしませんけどね。各紙まちまちですが、読者投稿欄は応募が多く簡単に掲載されません。ですが、こういった感想の投稿は文学の啓蒙に繋がるので、比較的掲載され易いのですよ。芥川・直木賞受賞作に限らず、次から次に発表される今の小説は、一読はしたものの、恐らく読み終えても残像がないのでしょう。だから生まれるものもなく、自然に消えてゆくのです。人間は感動したら何かで表現します。画家は美しい湖水を見てスケッチブックに描き、音楽家は雨だれのリズムを聴いて五線譜に表します。小説家は訴えたい物・叫びたい物・伝えたい物を原稿用紙に記すのが仕事ですが、今の作家たちは抽象的、且つありふれたモノしか表せず、世の書物離れを加速させています」

「要するに、読者の琴線に触れることなく、読み応えも、発見も、想像も、読者の脳裏に植え付けていない、ということだね。君が言いたいのは」

先生がスラスラと要点を列記したのは、先生自身も懸念していたからにほかならない。だからこそ、私の枕元にいらしてくださったのだろう。私はそう解釈した。

「お察しの通りです。随分前になりますが、生粋《きっすい》の芥川賞ファンもいて、毎回芥川賞にどの作品が選ばれるか候補作を読み比べ、受賞作を予想したら当たった、という投稿が某全国紙に掲載されていました。だからファンそのものはいるのでしょう。さりとて、候補作の中で半歩だけ抜きん出ていても、芥川賞に相応しいという証左《しょうざ》にはなりません」

「君は単なるケチ付け屋かと思っていたが、そうではないようだな。よく調べている」

先生はそう言うと、白々と明ける外の様子に促され、腕時計に目を遣った。

「さあて、もっと聞きたいが、そろそろあの世へ戻らねばならん。夜明けも近いし」

「私は少し時間がありますから、もうひと眠りします。先生！またおいで願えますか？もっと煮詰めたお話を続けたいのですが・・・」

向き直ると、先生は消えていた。灰皿に吸殻を3～4本残して。私は再び布団に潜り込んだが、先生との一連の遣り取りを振り返っているうち、何かを発見したような気がした。思い出そうとしたが睡魔には勝てず、深い眠りに落ちてしまった。

【菊池寛との再会】

最悪のパターンは避けられなかった。布団の中で背伸びした拍子に右脚が吊った。痛みはいつも以上だった。目覚まし時計を見ると起床時刻の6分前。ベッドから下り、右膝を曲げて必死に耐えた。あと少し、もう少し我慢すれば痛みは和らぐのである。

棚に置いた私の目覚まし時計はゼロ戦の模型。時計の文字盤が実際の操縦席にある照準器の形をしており、セットした時間になるとプロペラが回り出し、エンジン音を響かせ、ダダダダダダ、ダダダダダダ、機銃掃射が始まる。そしてパイロットが叫ぶ。「ゼロ、ファイト！」。だが、いつも疑問に思う。なぜ日本語で叫ばないのかと。

少し楽になったが、これはバチが当たったのかもしれない。夢とはいえ、無遠慮に先生に提言したせいだと反省した。訴える問題点は素人が物申すにしてはハードルが高すぎる。然し、決して間違ったことは言っておらず、芥川賞に対する主張は死んでも変えるつもりはない。こう自らを奮い立たせていると、定時にプロペラが回り出した。そしてパイロットは私を励まし、叫んだ。

「そうだ、おまえは正しい。オレが付いているからガンバレ」

「ありがとう」。お礼を言ってアラームスイッチをＯＦＦにし、時計の文字盤を撫でた瞬間、未明の発見を思い出した。腕時計だ。先生があの世に戻る前にご自分で確認した腕時計は右のリストだった。対話中は頭の後ろを掻いて見えなかった右手。やはり先生は時計を二つはめていたのだ。しかし・・・私は思った。偶然に見たのでは無く、冥土からの土産代わりに、先生はわざと見せてくれたのかもしれないと。私が確認したかったことを知っていて。

あの朝以来、先生に不躾な態度を取ったこと、蕎麦を例えに挙げたことも気になっていた。喰い道楽で知られた先生。死因は消化不良と聞いている。もっと気を使うべきだった、多分もう来てくれないと思っていた先生。その菊池寛先生が再び枕元に来てくれたのは約一週間後だった。

その日も未明、気配を感じて薄眼を開け、恐る恐る掛け布団の両脇を見ると、果たして左側にずんぐりとした体躯が有った。

瞼を開いた私に気付いた先生は、早速説明を始めた。私も居住まいを正した。

「この前の話が終わっていなかったので、また来た。実を言うと、私は冥土でも執筆しているのだよ。あの清張さん（松本清張）だってそうだ。旺盛な探究心を永遠に失わず、しっかり調べ物をしながら、原稿用紙に万年筆を走らせている姿には頭が下がる。私は真面目に検討している。清張さんだけには冥土でも芥川賞を差し上げたい。二度でも三度でも。そう芥川君とも話をしているところだ。彼にも君の意見はしっかり伝えておいたが、恐縮していたよ。それほどまでに賞の存在価値に心を砕いてくれて嬉しい。いずれ君を訪ねたいと言っていた。彼も古今和歌集とか哲学書とか読み漁《あさ》っている。それに引き換え、君が言うところの半発屋たち。物故者も多いが、亡くなるまで一体何をしていたのかねぇ。あっちの世界に移ってからも、行方が掴めない連中ばかり。たとい所在は判っても、物書きとは無縁の生活をしているようだ。我々と顔を合わせたくないのかもしれん。生前に偉大な賞を貰ってはみたものの、実力は無かったと自覚するに至れば、冥土ではすんなりと足を洗えるものとみえる。君の意見は実に言い得て妙だ。私の心臓に刃を突き刺された心境だよ」

「私もあの日、芥川賞受賞者を２７年前に遡って検索しました。区切り良く丁度第１０１回からになります。上半期と下半期、年２回選ばれる決まりですが、第１５４回までの間、６１人ほどが受賞していて、該当者なしはたった６回しかありません」

「受賞者がそんなにいるのか？いや、いるだろうな。四半世紀も経つのなら・・・」

先生は感慨深そうに、障子に目を向けた。

「私に言わせれば数字が逆。受賞者６人、該当者なし６１人がいいところでは・・・」

「君の採点は厳しいな」

「記憶力に自信のある私でさえ、最近の受賞者を含めて名前を憶えている作家は約二割しかいません」

「・・・」

「名前を憶えているだけで、ですよ、その二割の中で、ずっと本を出し続けていると思える作家は半分ほどのていたらく。私は全国紙を一紙しか購読しませんが、新刊発表等の情報は充分入手できますし、テレビニュースも欠かさず観るので、アンテナのキャッチ力は優れた方だと自負しています」

「何が言いたいのだ」

「9割の人は何でメシを喰っているのでしょうね？」

「・・・」

「物書きを諦めてサラリーマンになるか、女性は結婚して主婦になった、としか考えられません」

「うむ。食べていかねばならんからな。ヤギなら原稿用紙を食えるが・・・」

「一割の現役作家にしろ、印税で喰えているとは思えず、原稿料収入やテレビ出演で、辛うじて生活費を稼ぐ現実が想像されます」

私は口に出さなかったが、或るクイズ番組にレギュラー出演した、或る芥川賞受賞者の顔を思い出した。お笑い芸人とか俳優、各界の代表が集められて競う勝ち抜き形式の短時間番組だが、司会者はしきりに受賞者を「芥川賞作家」と連呼し、さもエリートらしく持ち挙げるのがおかしかった。世の中では芥川賞作家といえば、一般人扱いしない仕組みになっているものと見える。それなら回答率も正解率も優れていなければ片手落ち。ではお手並み拝見とばかり、じっくりと頭脳のレベルを観察すると、至って平凡な成績。「どこが芥川賞作家だよ、俺の方がまだ増しだ」テレビ画面に向かって大笑いする。この大先生、受賞者を代表して恥を晒していることに気付いているのかどうか・・・因みに、この作家さんもご多分に漏れず半発屋である。しかも番組の中で、年収はサラリーマン時代の方が多かったと吐露していた。そのクイズ番組は現在放送が打ち切られており、作家もその後本を書いているようには思えず、つくづく受賞を後悔しているかもしれない。

「それで・・・」

先生に促されて我に返り、言わんとする点を整理した。

「基本的に、印税で喰えない作家に芥川賞の値打ち無し、と言いたいのです。出版不況を詭弁にしてはなりません。本が売れない時代なりに創意工夫は必要で、むしろピンチを救うのが芥川賞作家の役目。芥川賞とはそんな宿命を帯びた、文学界最高ランクのご褒美なのですよ。先生、そうですよね、先生！」

潤んだ目で私は先生に訴えた。先生は視線を再び障子に向けると、懐かしい風景に触れるように言った。

「あの時代は貧しくとも、個性たっぷりで才能を秘めた表現者が溢れていた様な気がするし、文学の枯渇を危惧したことは一度とて無かった。恵まれぬ生活面を支えてやれば孵化する、金の卵は確かに存在したのだよ。・・・そうだ、ふと思ったが、全体的に出版不況に陥っている今は、印税収入は遠く及ばず、原稿料収入もたかが知れているだろう。それで生活ができるのか」

「おおかた、ゴーストライターでもやっているのでしょうね」

「ゴ、ゴウストライタとは？」

「出版業界でブームになっているのが自分史の上梓。つまり還暦等を迎え、自分自身のこれまでの人生を活字にして残すため記念制作する書物で、本人の代筆を引き受ける商売です。依頼は結構多いらしいですよ。作文は子どもの頃から苦手と言う依頼者ばかりですから、物書きの特技がここで活かされるのです。芥川賞受賞者が書いてくれるのなら、と安心して委任すると聞いています。他にも、俳優やスポーツマン、歌手も執筆を頼むとか、無論極秘で・・・あれ?先生、どうされました」

眼鏡を外した先生は両腕を組み、憂い顔で俯《うつむ》いていた。

「・・・いや、芥川賞受賞者が幽霊作家をやるなんて、考えもせなんだ。そうなのか」

先生の胸中は、いかばかりであったろう。今気付いたのだが、今日は先生、全くタバコを吸わなかった。それほど切羽詰まった心境に達しておられるのだろう。項垂《うな》れ、放心し、言葉を発しなくなった先生を見ると、流石の私も言葉が繋げなかったが、すべてを話さないと後悔する。今度は用意していた新聞のスクラップを書斎から持ってきた。

「これは全国紙・朝日新聞の切り抜きで、現在N県の地方公務員をしている芥川賞受賞者Sが、インタビューに応じた際のコメントです。短いので、そのまま読みます」

「・・・うん」

「『2001年に芥川賞を受けた後も、兼業作家として、書きたいことだけを書いてきた。2年間かけた小説がボツになっても、次の作品を書くだけ。このスタイルが合っていますね』。(原文のまま)・・・自らのポリシーを、どこか投げ遣りで諦めがちに語る口調。どう捉えます？おかしくありませんか？惨めじゃありませんか？」

「2年もかけて書いた作品に、出版社は頭を振ったわけだな」

「そうとしか取れません、この文章では。・・・哀れですね」

「信じられん記述だな」

「芥川賞受賞者の小説なら、本来は引く手数多のはず。出版社がこぞって、『是非ウチから出してください』『わが社にも頼みますよ。先生！』懇願されるのが一般的な感覚ですよねー。なのに、ボツにされるとは論外。正直に語るところにもプライドが感じられない。芥川賞の値打ちはこんなものですか？先生！芥川賞作者であっても芥川賞作家ではないのです。創作作品の書き手を作者と言いますが、作家は書くことを生業《なりわい》とする人を指します。作品が本にならないようでは芥川賞の名が泣きます。芥川賞は作家を育てる為に先生がお創りになったのではありませんか？肝心の受賞作も売れておらず、芥川賞を授けるより、別の新人賞を新たに設けてやれば充分だった。芥川賞は一般読者を納得、満足させる賞であるべきなのです」

「うーん」

先生は溜息をつくと腕組みをした。私は別のスクラップを広げた。

「この紙面が、売上部数が超アバウトだとする例です。朝日新聞の土曜版・別刷りに毎週、過去に映画化された小説が2ページに渡って紹介されます。一昨年、同じN県出身の芥川賞受賞者Yの作品が載せられましたが、記事を読み目が点になりました。解説に『人間の本質を突いた原作は累計220万部を突破し、映画も興行収入が約20億円にのぼるヒット作となった』。（原文のまま）と書かれていたのです」

「ふーん」

「2006年に出された、上・下巻があるこの原作本。売れ行きをトーハンの検索サイトで調べると、その年のランキング・ベスト30に入っていない。

2007年~2008年と順を追って調べても、一度もランキング入りしていない事実に、驚愕を通り越して唖然としました」

「その数字なら、たとい半分の売れ行きでも10傑入りはするだろうに」

「当然です。その時、私はある男優を思い出しました。その男優が同じ2006年に上梓した小説は、知名度も追い風になったのでしょうが、50万部売れたそうです。男優は、業界で40万部売れればベストセラー作家の称号を与えられると、ある番組で語り、だから僕はベストセラー作家なのだと自慢していた。トーハンの年間ランキングリストで確認すると、果たして10位に名前があったのです。本業がタレントのコメントゆえ、充分信用できます」

「すると、だな。そのYの小説は3傑辺りには入ってないとおかしい。どういうことだ」

「如何に累計とはいえ、上・下巻合わせ220万部も売れた作品が全くランクインしていないのは解せません。何やら、カラクリかインチキが見え隠れします。

もし事実公表を促せば、出版社側は慌てて答えるでしょう。『この数字は発行部数です』と」

「・・・ふん」

「それも信じられません。出版社は最初から大量発行せず、売れ行きを見て増刷を決めます。結果的に20万部しか売れなかったと仮定すれば、今も残り200万部を倉庫に寝かせているか、それとも既に廃棄処分し、再生紙に回したのか。何れのケースも考えられません」

「確かにおかしい」

「毎週木曜日、朝日新聞のローカル欄に地元N県の情報が満載されます。その中に記載されたN市某書店『週間ベストセラー10冊』を、2006年に遡《さかのぼ》って調べると、予想通りの結果を得ました。Yの作品が載った週は一度もなかったのです」

「そんな筈はないだろう」

「受賞作家の地元でこの有り様なのに、他の地域でバカ売れしたとは思えません。先生！220万部は気の遠くなるような数字ですよ。そんなにも売れる理由《わけ》がなく、信じろと言う方が無理です」

「解らんな。どうなっているのか、皆目見当がつかん」

「念のため、N市で売れた当時の作品を調べると、先に挙げた男優の作品は何週にも渡り載っているのです。さらにその前年に、別のタレントが書いた小説が2006年度全国ランキング3位になっており、N市の週間ベストセラー10冊でも毎週掲載されていました。つまり、トーハンの全国年間ランキングと地方の週間ベストセラーは一致し、信憑性があるという裏付けです」

「からくりがありそうだが、それじゃぃかん」

「真実を知るのは出版社と著者だけ。公表すれば明らかになりますが、恐らく公表は避け、永遠に秘匿し続けるでしょう。両者の良心に期待したいところ。数字が正しければ、疑いを持たれるよりもありのままを公表し、胸を張り実力を誇示する方を賢者なら選択するでしょうから」

「そりゃそうだ」

「以前にYのその作品が朝日新聞の夕刊に連載されていたと知り、インターネットのホームページで朝日新聞社を検索したところ、面白い発見がありました。会社概要の説明で、2015年1月~6月の夕刊販売部数は220万部と紹介されていたのです。偶然でしょうか?どうせ解りはしないと、小説の発行部数を夕刊の発行部数に合わせたのでしょう。連載小説目当てに夕刊を購読する読者はいませんし、夕刊は全国で読まれている訳ではありません。試しに最寄りの朝日新聞販売店に照会すると、夕刊の取り扱いはしていないそうです。一体どれほどの人が手に取ったのでしょうね。やはり真実の公表を望みたいところです」

「これほど酷《ひど》いとは思わなかった。・・・」

「昨年5月23日、民間放送で紹介されたテレビ番組もお知らせしておきましょう。『日本で一番売れたベストセラー・ランキング50』です。さっきのYの小説が220万部売れておれば、40位前後に位置するはずですが、言うに及ばず50位内に入っていません。因みに、それに近い位置では『41位、山口百恵「蒼い時」198万部』『35位、小松左京「日本沈没」204・4万部』と発表されていました」

「・・・一番はどの作品だ?」

「黒柳徹子さんの『窓ぎわのトットちゃん』で、およそ581万部でした」

「凄いな。・・・一応・・・・・・・念の為に聞くが」

「判ります、先生の気になることが。・・・ゼロです・・・どっちも」

「芥川賞だけではなく、直木賞も一作も入っとらんのか?50傑に・・・」

「50位以内に、物の見事に一本もランキングされていません」

「情けない、実に情けない」

「先生、もう一例だけ聞いて頂きたいのですが・・・」

「もう、いいよ。勘弁してくれ、もう嫌になった」

顰《しか》めっ面をした先生を無視して私は話した。

「これは選考方法についての疑問です。同じN県出身の芥川賞受賞者Hは、国立大学在学中に送った、賞の仕組みに異論を唱えた書簡と自らの小説が編集部の絶賛を受け、雑誌に掲載されたそうです。このデモンストレーションが功を奏し、芥川賞の選考会で圧倒的に票が集まったとされています。何やらフライング染みていて、名前を先に知らしめたパフォーマンスが効いたようですね。これがオリンピックの出場選手を決める委員会なら、必ず問題視されたでしょう。この受賞作は1999年度の21位にランクされ、面目だけは辛うじて保っていますが、以後は15年以上経ってもランキングに名前は載りません。当時の絶賛文句『三島由紀夫の再来』はどこに消え失せたのでしょうか。文才の有無は別にして、作家の類でなかったことを如実に物語っています。果たして選考はどんな基準で進められるのやら、できれば拝見したいものです。それにしても、嘆かわしいのは歴代の受賞者と作品です。受賞したのは良いが、今は何をやっているのか分からない人たちのオンパレード。受賞発表当時は、全員が華々しく飾りを付けられ感嘆詞で讃えられても、その後は泣かず飛ばずの作家、いや作者ばかり。そんな作者たちでも、人目を避け忍んだ人生を閉じれば、新聞の片隅に訃報記事が載せられます。寂しく名刺半分のサイズで、『〇〇〇〇年に×××で芥川賞を受賞した△△氏、心不全で死亡』。受賞時の新聞記事と比べれば釣鐘に提灯ですよね。『ダイヤモンドの原石』が『ただの石ころ』だったという」

頭を抱えたままの姿勢で、長い沈黙を破り、先生がボソッと喋った。

「私もね、一旦あの世に戻って調べたのだが・・・」

淡々と話し始めた先生。この件で相当、心労が重なっている様子が表情から読み取れた。私は聞き洩らさぬよう、しっかり両耳を開いて先生に向けた。

「ある受賞者・・・女だよ。彼女に直接聞いたのだが、受賞の連絡を受けた時、感極まって辺り構わず泣いたそうだ。嬉しかったに違いない。そりゃそうだろう、小さい時から本の魅力に取り付かれて成長した文学少女が、大人になり、各種文芸誌への応募を重ねて、ついに憧れの栄誉を手に入れたのだから。芥川賞受賞の知らせに電話口で『勿論、喜んでお受けします』。答えたその夜は眠れず、授賞式で述べる口上を考えながら寝入ったそうだ。文章を書くのは苦にならぬが、人前で喋るのは大の苦手。嬉しい悲鳴というやつだね」

ここで口寂しいのに気付き、先生は左右を見てやっと言った。

「タバコを吸っていいかね」

灰皿をさっと用意し、私は続きを待った。

「授賞式が近付くに連れて彼女は、賞の偉大さに畏怖《いふ》してきた。自分の作品のどこが良かったのか知りたくなった。そこで選考委員の一人に訊ねたのだが、決め手は最も自信のあった終章でなく、然程《さほど》珍しく無い展開部を褒められたので半分気落ちしたそうだ。その数日後、新聞紙面に受賞作の出版を知らせる広告が載った。広告欄の隅に、件の選考委員の批評が数行載せられたが、それは先だって褒められた内容と違っていたので不信感を持った。以来、自分は芥川賞の冠に合っていないのではと苛《さいな》まれ、出版社に賞の辞退を相談したが、必ず注目されるから、絶対ベストセラーになるからと慰留され、気が進まないまま成り行きに任せた。果たして本は売れなかった。巷の反響は微塵《みじん》も伝わらなかった。その半年後、次の芥川賞受賞作が発表された。その出版広告記事を読み、彼女は我が目を疑った。例の選考委員の批評コメントが自分の時と寸分違わなかったからだ」

先生はここで新しいタバコを咥《くわ》えたので、私がマッチを擦った。私も一度深呼吸をした。右脚が気になり脹脛《ふくらはぎ》を摩《さす》った。明け方に吊らないように願いながら。

「彼女が電話で疑問点を質問すると、その選考委員は偶然という言い方をした。思ったように書物が売れなかった点に迫ると、最初の作品とは、えてしてそんなものだと慰め、次の執筆を勧めて受話器を置いたという。彼女は思いあぐね、その後筆を折った。そして数年後に病で昇天したという」

私は、すかさず思い付いたことを披露した。

「彼女がもし抗議しておれば、選考委員から出版社のスタッフにまで責任範囲が波及し、三者三様に言い分が違う、まるで『藪の中』の展開を予想させますね。ここだけは本家・本元の芥川賞らしく・・・」

「そうだ」

先生は表情を変えずに肯定した。私の皮肉は通じなかったらしい。今度は私が喋る番だった。

「歴代の受賞者リストを調べました。特にこの10年は記憶に新しく、傾向が偏っている気がして」

前置きして先生の表情を見たが、何も言わなかったので続けた。

「例えば12年ほど前、若くて綺麗な女性二人が同時受賞しています。これって作品の内容より、話題作り主点で選考されたとは思いませんか？それぞれの一風変わった作品名もそれを助長しています。次に東南アジアの女性を選んだケース。これもマンネリ化対策で、偶《たま》には外国人を選ぼうとした趣向が考えられませんか？それから、70代の高齢者が選ばれている例も見られますが、敬老精神が見え隠れしませんか？これらはつまり、作品の中味よりも別の基準で決めようとする傾向の表れ。セックス中、亭主が妻に暴力を振るう、そんな変わった行為が決め手になった様な作品も有りで、どうも選考の曖昧さが浮き彫りになっています」

先生は何も反論しなかった。

「結果これらも他の作品同様に半発屋で、芥川賞というより、「何とか新人賞」で充分のレベル。若い世代の作家ならまだ頭が軟らかく、次から次にネタは生まれ、出来上がった作品にファンが群がるはずなのに、翌年以降、二人の女性は新刊を発表している様子が窺えません。そうそう先日、久しぶりに片方の女性の名前を朝刊で目にしました。結婚したという記事が写真付きで掲載され、彼女を知らない読者のためにプロフィールが紹介されていましたが、１２年ほど前に芥川賞を史上最年少で受賞した記述のみ。もし彼女がブスだったら、多分記事にされなかったでしょう。それにしても１２年以上経過しておきながら、話題を提供するような作品は一作も生まず、結婚の話題しか載せられぬ作家をなぜ選んだのでしょう。東南アジア人だってそう。私は言いたい。大賞を貰ったらそれで終わりですか。日本ではそれを実力とは呼びません。実力を伴わない凡人にハイレベルの賞を贈る選考委員がどうかしています。何れの諸氏も受賞時は雲の上を歩く気分に浸っても、ほとぼりが冷めれば見向きもされなくなる現実と向き合い、どんな気持ちで毎年の受賞発表を聞いているのやら・・・」

「『70代の高齢者もいた』と言ったが？」

「近年のケースです。僭越《せんえつ》にも『年寄りに渡すな』とは申しませんが、少なくとも芥川賞を授ける以上、これからも継続して書ける逸材に差し上げてほしいですね。芥川賞は『お疲れ様でした賞』では勿論ありません。年齢を問わず、大衆から確実に定評を受ける作品を書かないと、芥川賞の乱発風評に歯止めはかかりません」

私の話を聞き終わった先生は、もうひとつ、あの世で確認した一件を報告してくれた。

「こんな男性の老作家もいた。君の主張を伝えると即座に不快感を示し、『言っておきますが、私は自らの受賞に自信を持っています。全国の読者から拙著は地道に読み継がれ、一方で映画化もされ、当時の興行収入を充分に上げていきます。時は現世に移り、次第に映画館が消滅してゆく憂き目に遭っても、魂を込めた私の作品は地方の公共施設を借り、葬られることなく映像で鑑賞されています。芥川賞に限らず、直木賞受賞作や芸能人・歌手が副業で書いた作品に焦点が当てられると、すぐ映画化されますが、封切られても客は入っていないではありませんか。あの有名人誰々の作品と派手に紹介され、話題だけ先行したにすぎません。解る人には判るのが私の作品。作文が上手なだけの素人作家と一緒にしないでくれ。私は日本の文化向上に間違いなく貢献していると、そのケチ付け屋にお伝えください』」

「その老作家、大凡《おおよそ》の見当はつきます。その方の作品は全国の図書館で読まれています。私の中学校時代の国語の教科書にも作品の一節が載せられていましたし、以前NHKでドラマ化され、シリーズで放送されていましたよ。優れた作品なら必ず相応の評価を受けます。・・・作品名を挙げてみましょうか?」

私は、徐《おもむろ》にその作家の著書を4~5作列記してみせると、先生は言った。

「私は最初に挙げた作品が気に入っている」

先生と私はその作品の読みどころを語り合った。そして私は懐かしい記憶を紐解いた。

「随分若かりし頃、新聞にベストセラーのランキング欄があって、週一回掲載されました。その中でずっと毎週一位を続けた作品を鮮明に憶えています。標題が『日本人とユダヤ人』で、作者はイザヤ・ベンダサンという人。長期間目に焼き付いた名前だったので、いつの間にか自然に暗記していました。但し読んだことはありません」

「読んでみないのは、君の悪い癖だよ」

「私は宗教や人類学の本は好みません」

「好き嫌いがあるのだな。そういえば、芥川君の傑作はキリスト教や仏教関連の作品が多いようだが、君もそっち方面が好きなのか・・・」

その質問には答えず、さっき思い出したランキングの話題に変えた。

「先日見つけたデータです。朝日新聞の年末特集記事に、新聞社の書評委員が選ぶ『今年の三点』が紹介されました。総勢21人で夫々《それぞれ》3点書評するので、計63点が挙げられた計算ですが、芥川・直木賞受賞作は1点もありませんでした。誰か奇特な委員が一人でも芥川賞を憐れみ、お情けで1点ぐらい選択できなかったものでしょうか。気分が悪くなります。先生!これが芥川賞の、疑いなき読者評価の実態なのです。いかに注目度が低いかお判りですか、先生!芥川賞作家の真の実力をお確かめください。いや認めてください。先生が創設した賞の結末を。新進作家が文学界で育っていない現状を・・・」

「何も言えないなぁ・・・君にこうして会う前から、ある程度は予測していたのだが、うーん、言えない・・・」

私たちの会話は中断した。腕を組み項垂《うなだ》れる先生。私は正座した脚を崩し、失礼して胡坐《あぐら》をかかせてもらうと、数分の沈黙を破り先生に再度タバコを勧めた。

先生は紫煙を燻《くゆ》らせると障子を見つめ、口を開きかけて腕時計を見た。この日も右腕にはめていた。あの世でも先生はそんなに忙しいのだろうか。

「君はどうしたいのだ。いかに正論を説いてみても、君一人の力では太刀打ちできまい・・・」

「本で私は訴えたいのです。選考委員に、受賞者に、メディアに、読者に、出版社に」

「質問させてくれ」

私が頷くと、先生は言った。

「反論されたら、対峙する覚悟はできているのか？」

私の顔を食い入るように見つめ、先生は言葉を続けた。

「報道関係や読者の場合はいいよ、部外者だから。恐らく状況を静観するだろう。だが考えてみなさい、選考委員や受賞者、それに出版社が黙っていないよ」

「望むところです。私の意思に同意してくれる読者はきっといます。私が鳴らす警鐘を真摯《しんし》に聴いてくれる理解者が、きっと・・・」

「私が援護してあげたいが、住んでいる世界が違うので・・・」

「ありがとうございます」

「秘策でもあるのか？」

「そんなものはありません。ガチンコ勝負です。『おかしなことをおかしい』と、シュプレヒコールするのに、何で秘策や柄杓《ひしゃく》が要るでしょう。私の意見でプライドを傷つけられた作者がいるのなら、名誉挽回すればいい。その最たる手段が別のペンネームを用いての新作発表です。初心者の感覚で書き、受賞時の名前は絶対に使わず、誰にも公表せず、本当に職業作家としての素質があるか、改めて世間に問うこと。これ以外にはありません。唹《けしか》けられて尻尾を巻く人は、運で選ばれたのを自認する人。意欲を見せても、サポートすべき出版社から『やめておきなさい。あなたじゃ無理。身内からも失笑されます。恥を晒したければ、自費出版でどうぞ・・・』諭されたならば大人しく聞き入れ、ハローワークにでも足を向けた方がいい。もし新作が認められて読者の評価を得れば、汚名返上と起死回生を果たすことになります。但し、『何で今までそれを発揮しなかったのだ。手を抜いていたのか。それとも、ケツに火が点かないと書けないのか。それじゃ人間失格・・・じゃなかった、作家失格だぞ！』責められる誹《そし》りは覚悟しなければなりません。良い作品を書ける人は別名でも傑作を書ける人です。先生！唐突ですが、高森朝雄という人物を御存じですか？もう黄泉の国にいらっしゃる人ですけど・・・」

「ええと・・・うんうん、知っている・・・梶原さんのことだろう」

「高森朝雄の名は、一部の業界関係者やファンを除き、殆ど知られていません。しかし、『あしたのジョー』の原作者と言えば、老若男女を問わず、『ああ、あの作者か』と驚きます。そして、この作家は『愛と誠』『空手バカ一代』『巨人の星』『タイガーマスク』を書いた梶原一騎なのですよ』説明すれば、また感嘆の声が漏れます」

「私も好きなのだよ。梶原さんの作品は」

「質問を続けます。では『呉田軽穂』はどうでしょう。ご存じですか?」

「ウレタンカッポ・・・何だ!そりゃ。それは・・・知らん」

「ご存じなくて当然です。現在もご活躍の女性音楽家です」

「音楽は・・・ちょっと判らんな」

「これもさっきと同じく、別のペンネームなんですよ」

「・・・」

「本名は松任谷(旧姓荒井)由美。歌謡曲のヒットメーカーで、自ら作詞作曲した歌を歌います。その彼女が楽曲を他人に提供する時に使うペンネームが呉田軽穂なのです。代表曲は『赤いスイートピー、渚のバルコニー・・・』」

「・・・うーん。現代の歌は知らん」

「私がここで訴えたいのは、本物の表現者は本名やペンネームを変えても、同質の高い作品を書けるのだということ」

「その通りだ。清張さんはひとつ名前で通したが、幾つか筆名を使い分けたとしても、読者は作品の中身で購入するだろう。うん、うん、うん」

「翻って、存在感失いっぱなしの芥川賞作家、じゃない、芥川賞作者たちに、別名で挑戦する勇気と度胸はあるでしょうか？」

「こっそり挑戦して実力の無さを認め、表舞台から去る者がいれば、尤もな言い訳で場を切り抜け、図々しく文学界に居座る者も多かろう」

「引導を渡された作者は立場がありません。9割の中でリベンジを果たせるのは1割もおらず、さぞかし惨めでしょうね。芥川賞作家の終焉、成れの果てをご覧あれ・・・」

「もし予想に反し、その1割組が書いた汚名返上小説が売れてリベンジを果たしたら?たとい1割でも、凄い反響を見せた時はどうするのだ?君は吊るしあげられるぞ。脚が吊るどころの痛みじゃない。問題提起した責任を取るか?土下座でもするか」

「私に何をさせたいのですか?何もしません。むしろ、私が感謝される立場ではありませんか」

「・・・・」

「だってそうでしょう。私は喝を入れてあげたのですよ。『芥川賞受賞者なら受賞者らしく、存在感を出せ!見せてみろ!』パシッパシッと往復ビンタしてあげたのです。気合いを入れてくれた者を恨む人はいないでしょう」

「受賞者だが・・・折角くれるという物を拒む者はいないだろう。賞金や賞品より、『芥川賞』の名誉に洗脳されているからな。マスコミ・・・今はメディアというのか?メディアにしても報道するのが仕事だ。彼らもバカではない。腹の中では嘲笑《あざ》いながら、持ち上げているのかもしれない。出版社に至っては、これが商売。

書物が売れず倒産や合併、規模の縮小、給料削減に至るのを怖れ、仰々しく宣伝する気持ちも判る。作家たち選考委員だって自著が売れず、おまんまの喰いあげだ。時に出版社から指示された作品に決めざるをえない場合とてある」

「でも、それじゃいけません」

「まあ、聞きなさい。最も深刻な問題が選考委員の選定だ。名簿を見ると過去の芥川賞受賞者たちで占められているが、所詮彼らも横綱級ではなく関脇か大関レベル。彼らに横綱選びを任せることが悪循環の原点と見る。全員外部から選び、且つ熱心な読者に判定を託すべきと思うがね」

「賛成です。連鎖して言えることですが、選考委員の中には他の文学賞の選考委員、審査員を務める者もいます。彼らが推した作品が、世に注目されたり、認められたりしていない現状を踏まえると、次点を含む、入賞を逃した応募者の中に真の代表が存在したかもしれないという可能性が残ります。つまり見逃しや過失も予想され、言い換えれば、陽の目を見る前に摘んでしまった芽があるかもしれません。作品を観る目が怪しい連中が選ぶのですからね。言うに及ばず、これは芥川賞にも当てはまります。こっちの方が数倍も深刻ですけど」

「もうひとつ気になるのだが、やり玉に上げられた芥川賞が、君が望む通りに水を張った盥《たらい》に突っ込まれ、洗濯石鹸でゴシゴシ洗われ、大改革が行われたとする。それで作家を志す人たちが減ったならばどうする？そのなかに、有能な者が混じっていたら、その灯も消すことにならないか？どうだ」

「その心配は杞憂《きゆう》と考えます。読者を満足させる作品を生み、必要とされる創作者は、それに気付いた人が放ってはおきません。縁の下で支え、世に出られるようお世話をする人たちが必ずいるものです。その日が生存中に来る保証は残念ながらありません。でも名作と呼ばれる物は必ず認められ、名前は永遠に残ります。『未完成交響曲』を始め６００もの歌曲を残したシューベルトは、死後有名になりました。また、現在では作品に億の値が付くゴッホの絵。存命中に売れたのは僅か一品と聞いています」

「私が創設した頃、小説が売れないとは考えられなかった。いつの時代にも存在する娯楽はあるもので、それぞれの時代に、その時代を語る術を持つ、本物の創作家は確かにいるものだ」

「最近の朝日新聞で目にした、福岡県北九州市が主催する林芙美子文学賞の選考委員を務める三人の女性作家の記事。その一人で芥川賞を受賞した女性が、記念トークで語ったコメントです。

『小説って本当はいらないものじゃないのか。だけど、ずっとあって、今もある。どれだけ本が売れないといわれるようになっても、なくなることはないというのを、多分、今、多くの作家が考えている気がするんですよ。じゃあ、なぜなくならないのかを考えていくことが、自分の書くことにつながっていくのかなと思います』。（原文のまま）

私は言いたい。小説は想像力を養うのに必要不可欠な文学。本が売れないのは売れる本を書けないから。他に原因はありません。小説が無くなると考える作家は確かにいないと思いますが、なぜなくならないか考えても無意味。プロは買って読んで貰える本を書かねばなりません。考えるべきは、どうして芥川賞受賞者に横綱がいないか。該当者がいなければ無理に選ばないことです。やみくもに前頭〜関脇レベルを横綱に推薦しないこと。受賞イコール箔と、結びつけないこと。芥川龍之介の再来を思わせる書き手が、毎年毎回現れるはずがありません。

「もう、そんな時代ではないのかもしれんな」

「日本文学の黎明期《れいめいき》はひとまず終焉しているのです」

「黎明期？」

「文化の夜明け、とでも言えば理解して頂けるでしょうか」

「わかるような気がする・・・音楽や絵画にあるのなら、当然文学の世界にも・・・」

先生はそう言うと、腕時計に目をやった。

「そうです！先生。移り行く時代と共に文化は生まれます。貧しい人を励ます歌が流行《はや》り、憂《う》さを晴らしたい人を芸人が笑いで喜ばせ、未来や未知の世界に憧れを抱く人を読書が支えてくれます。それらの源泉となるのが作り手であり、需要がある時ほど供給する作り手も必要とされます。その期間が黎明期。黎明期ゆえ、多種多様の作家が現われ競うように個性の違いを出します。これぞ作り手の腕の見せどころ。お客は作り手が表現する物に喝采を浴びせ、一緒に満喫します。しかし残念ながら平成の世は作家の黎明期ではありません。物が溢れ、インターネットが普及し、欲《ほっ》する物に不自由しない環境が出来上がっているからです。よって作家の出番は遠い過去の時代に比べ、必然的に減ってきました。文学の世界に湯飲み茶碗一杯分有れば充分のドングリが、丼に山盛りで有るようなもの。茶碗の中から特殊なドングリを探す作業が芥川賞選びで、一粒くらいアーモンド風味のドングリが混じっているかもしれません。横綱級の目利きがいれば探せるでしょう。悲しいかな現実には、アーモンド風味の物は混じっておらず、文字通りドングリの背比べ状態。味もサイズもせいぜい前頭か小結レベル。その小結レベルのドングリを、見分け方を知らない関脇か大関クラスの選考委員が『横綱だ』と推薦する有り様。これが日本文学界に於ける最高の文学賞・芥川龍之介賞の実状なのです。どうです。私の説は間違っていますか？」

聞こうと構えた時、先生の姿は消えており、これが先生と交わした最後の会話になった。まだ話し終えていない点もあり、せめてもう一回話をしたいと思ったが、もう来てくれないような気がした。

訴えに力が入り過ぎて、先生の観察が充分できなかった点も悔やまれた。とうとう帯を見せてくれなかった先生の残像を探し、和室を見渡した。

灰皿に揉み消したタバコの吸い殻から、少し煙が漂っていた。夢の中の出来事とはいえ、これは菊池寛先生と芥川賞論議を真っ向から交わした記録であった。その記録は煙が完全に消えても記憶として残る。吸殻と共に私の記憶に永遠に残るのだ。

【芥川龍之介との出会い】

明け方、私はタバコの夢を見た。先生が残した吸殻が誘発しているのは間違いなかった。タバコを吸わない私が、なぜか広大なタバコ畑で葉の収穫作業をしていたのだ。

黄色くなった、ワカメのような葉の束をドサッと肩に担ぐと、近くにいた若い男性が手を貸してくれた。痩せて見鼻立ちが整い、黒々とした髪に尖った顎の青年はテレビで見た顔だった。

世界名作の翻訳で知られる日本人女性作家を描いたNHKの朝ドラで、主人公の親友・貴族の妹と駆け落ちしたインテリ青年を演じた若手俳優。画面で初めて見た瞬間、芥川龍之介を連想した。写真でしか見たことのない芥川だが、ひょろっとした書生風の容姿が良く似ており、芥川の生れ変わりを感じさせた。その青年が教養のありそうな笑みを浮かべて私に話しかけた。

「芥川龍之介の作品を書物で紹介されてはどうですか?」

きょとんとする私に、青年は説得するように語りかけた。

「あなたが、芥川作品を、あなたの視点で、あなたの言葉で解説し、紹介されてみてはどうでしょうか、と申しています」

「俺は素人だよ。芥川龍之介を研究し、作品を分析できる文学者はなんぼでもいる。彼らの仕事だ。探せばマニアだって沢山いそう。相応《ふさわ》しい人物が巨万《ごまん》とは言わないが、一万ぐらいはいるだろう」

「他にいても、ただ手をこまねいて見ているだけの人たちです。あなたは違う。あなたは芥川賞を擁護しよう、芥川龍之介作品の魅力を読者に再確認させようと必死に頑張ってらっしゃる。意思の強い表現者こそが、本当に相応しい人物なのです」

若造のくせに・・・、私は青年を睨んだ。どれだけ頭脳明晰で、どれだけ今後人気俳優に育ってゆくか知らぬが、青二才の分際で年金生活に入ったおじさんに吐《は》く台詞じゃねぇだろうと。

私の気迫に怯まず、お釈迦様のように冷静な青年は、クールな頬笑みを浮かべて私を見つめた。むしろ人物を観察している、といった表現が適切で、二つの目が優しく私の目ん玉に入り込んでくるような眼差しだった。私はお釈迦様にもキリストにも会ったことはないが（当たり前だ）、いざ面と向かえば、こんなインパクトを受けるのだろうな。・・・もしや、君の正体は・・・

訊ねようとしたその時、ゼロ戦のアラームが鳴り出した。恐る恐る右脚の脹脛に触ったが、脚は大丈夫だった。安心して洗面所に行き思い出した。今日は休日だ。昨夜、いつもの習慣で目覚ましをセットしてしまったのだ。

ベッドに腰掛けて考えた。夢で青年に「君の正体は」と言いかけた言葉は、「もしや、お釈迦様かキリスト様では？」だったが、数分経って対象相手が変わった。よもや、あれは芥川龍之介ではなかったか。

【「羅生門」（藪の中）裁判・尋問編】

上京前夜はなかなか寝付けず、例によって愛犬と戯れる様を思い描くが、それでも眠れない。根っからの貧乏性ゆえ、東京中をキョロキョロさまよう、半世紀前のお上りさんのような自分の姿ばかり現れ、不安と惨めな気持ちになる。

東京スカイツリーを遠くに望む河川敷、外国人観光客カップルが何組も通りすぎるダウンタウン――次から次に移る東京百景に目を奪われて日本橋界隈を歩いていると、大小夥《おびただ》しい数の出版社が犇《ひし》めくビル街に差し掛かった。

その中の一社のドアを押した。テレビ番組でよく見るシーン同様に、受付で用件を伝えると、ファイル棚やキャビネットで仕切られたテーブルに通された。随分待たされ、学卒入社したてと思《おぼ》しき若い女性担当者が現われた。当たり外れは予想していたが、この女性に作品の講評は無理だ。でも「作品の価値が判るベテラン男性編集者を出してくれ！」、いくら何でもこの台詞は出ない。諦めて溜息を飲み込み、恐る恐る持ち込み原稿を渡している内、眠りの精がやっとお出ましになった。眠りの精は遅刻のお詫びに、軟らかいふかふかの膝枕を私に提供し、そして夢の世界へと誘《いざな》った。

「・・・わかんねぇ・・・どうも、わかんねぇ・・・」

聞き覚えのある声の主は故・志村喬さん。私が好きな役者の一人で、本物の映画作りの為には決して妥協しなかったあの黒沢明監督も、貴重な場面で必ず起用した地味で渋い俳優だ。眠りの精は気を利かし、今夜は「羅生門」の撮影現場に招いてくれたようだ。

芥川龍之介原作の映画「羅生門」は、志村さん扮する樵《きこり》が呟く冒頭の台詞から始まる。最初に脚本化した芥川の「藪の中」だけでは短かく、黒沢監督は「羅生門」を加えることでスケールを広げ、深みと面白さを倍増させた。

映画には3人の容疑者（盗賊、侍、その妻）が登場し、三者三様にそれぞれ食い違う証言をするのがポイントで、雨宿りの下人が、死体発見者の樵と旅僧から見たままを聞く展開で進行する。あれこれ憶測を重ねるに連れて生まれる猜疑心《さいぎしん》、一体どこに真実があるのか謎は深まり、真相は明かされない。人は自分に都合の良いようにしか語らない。人間の本質は所詮こんなもの。芥川龍之介の問いかけを、黒沢監督が映像に変えて表現してみせた傑作である。

諍《いさか》いには至ってないが、この映画に似た問題に発展してゆく可能性を秘めた謎が今日日《きょうび》の芥川賞だ。このシーンへのナビゲーターは多分チボリ君で、眠りの精とタッグを組み、東京に向かう私に贈る、精一杯の励ましだと解釈している。

目前に、何度もＤＶＤ鑑賞した「羅生門」のお白州と白壁のセットが現われた。解説書によると、映画に検非違使（裁判官）が登場しない理由は、制作費用が足りなかったからとあるが、複雑極まるテーマだし、鑑賞者をよりストーリーに集中させる効果を生むので、少ないキャスティングは正解だったと評する。

私はお白州に正座していた。樵役の志村さんを探していると、検非違使から突然声をかけられた。が、姿は見えず、映画さながらのセットだった。

「先ず訊ねる。その方が、『芥川賞受賞作は売れていない』と申す根拠を示せ」

三船敏郎ばりの、よく通る低い声だった。私は鴨居を見つめて答えた。

「はい。トーハン調べ、年間ベストセラー・ランキング20（2006年まではランキング30）によると、1990年下半期以降2015年下半期まで25年間の芥川賞受賞者59人中、受賞作がランクインした年は3年（1991年※17位、1999年※21位、2004年※5位と14位）で、たった4人という少なさ。また、受賞後二作目以降の続作がランキングされたのは2004年の2人（※24位・27位）だけのお粗末さ。これで芥川賞作品が売れているとはお世辞にも申せません」

「では、いかほどの数字なれば世間で『売れている』と公言できるのか」

「受賞後に出した作品も含めて、20位以内に常時入る売上部数を記録しないことには、『売れている』とは言えぬと存じます」

「ふむ・・・」

「まず芥川賞の名声にございます。素人でも知り得る偉大な賞だという認識に基づき、メディアも特別報道するが由縁です。然し、注目・露出度に比較して実体がアンバランス。現実的に世間の信用を失墜させて久しく・・・」

「先急ぎするではない。では出版社に訊ねる。受賞作は売れておるのか？正直に申せ」

隣には、いつのまにか出版社側の代表が座っていた。石ころでもダイヤモンドの原石と偽って売りつけそうな強《したた》かさが、顔に滲み出ていた。

「申し上げます。恐れながら、実際に売れていようといまいと、売れているように上手く見せかけるのが商売でございまして、エッヘッヘッヘッ」

「そのようなことを訊ねてはおらぬ。売れておるのか、おらぬ、のか、真実を申すがよい」

「恐れながら申し上げます。売れそうになくとも、受賞が決まったからには単行本化し、売上に繋がる手段を講じるのが玄人《くろうと》でございまして・・・受賞が間違っていたと取り消されない限り・・・」

「そのようなことを誰が訊ねておる。つまりじゃ、小説の売上部数に判断目安が明確に設けてあるのか否か・・・」

「はい、有って無いようなシステムにございます」

「中途半端じゃのぅ。では訊ねるが、仮に素人が自費出版で五百部を初上梓し、一部を地元の書店に置いたところ、忽《たちま》ち売れたとしよう。気を良くして千部を追加で刷ったら、これも全て売れて口コミで評判となり、また追加を促された。仕舞いに一万部売れたとするなら、注目されず宣伝もせずに当初の二十倍も部数が伸びたのであるからして、『売れた』と評価できぬか?どうじゃ」

「仰せの通り。真に以て天晴れと言えましょう」

「一方で、芥川賞の場合であるが、早々と受賞者決定が告知され、記者会見の場まで設けられて、翌日の新聞紙面に顔写真付きで報じられる。さらに印刷が完了すると書店に山積みされ、出版社が新聞広告に載せ大宣伝したにも関わらず、結局三万部程度しか売れなかったと仮定するなら、『売れた』とは到底言えまい。先の例より部数では勝《まさ》っても、一切宣伝をしなければせいぜい三分の一程度しか売れなかった勘定になろう。ならば作者の実力とやらが疑われ、審査がまともに行われたかも訝《いぶか》しく、選考員たちの目は『節穴揃い』と揶揄《やゆ》されても言い訳はできまい。どうじゃ？」

「確かに検非違使様の仰せ通りですが、人の見方は様々でございまして」

「人の見方を問うてはおらぬ。その方ら、出版社の見地を訊ねておるのだ。答えよ」

「誠に申し上げにくいのですが、当社の立場としましては・・・」

「では、出版社の立場ではなく、良識ある一人の世間人として答えてみよ」

「・・・仰せの通りと存じます」

「『売れておらぬ』事例と認めるのじゃな?」

「・・・はい・・・」

「では、その様な『売れておらぬ』状況が、四半世紀以前から絶えず続いておる有り様を何と心得る。疑いを抱かぬか？行末を案じぬか？危惧したことはないのか？」

「出版社は本を拵《こしら》えるのが商いでございまして・・・」

「『続々重版！４０万部突破！！』とか『８０万部突破！！』の数字の上に小さく『累計』と記しておるが、これらは売上部数か？真実を答えよ」

「・・・発行部数にございます」

「なにゆえ、売上部数を公表せぬ」

「それに付きましてのコメントは、ご勘弁を・・・」

「発行部数は売上部数に近いのか、それとも実際、その差は大きくかけ離れておるのか、何れじゃ？」

「それは出版社によりますが・・・」

「その方の出版社はどうじゃ？」

「お、お答え致しかねます。な、な、内部秘密でして・・・」

「実際の売上部数は、せめて著者だけには知らせるのか？」

「大方の数字は知らせます」

「正確な数字は伝えぬと申すのか？」

「著者には予め《あらかじ》、了解を得ておりますので・・・」

「正確な売上部数は教えぬということか？」

「それ以上の返事は・・・どうかご勘弁を」

「追って沙汰のあるまで、控えおれ！」


次にお白州に呼ばれたのが、芥川賞の選考委員を務める男性作家だ。

「芥川賞受賞作は売れぬのに、毎年二回、時に複数選ぶのは何ゆえじゃ？」

「意見が分かれ、秀作であれば一回に二人選ぶことは珍しくありません。過去の慣例に従っております」

「発表後、受賞作の売れ行きを確かめておるか？」

「私たち選考委員の役目は、依頼を受けて選ぶだけですから・・・」

「確かめても良いではないか。相当の手当を貰い、大切な時を費やし、汗をかき吟味するのが役目なら、その成果を追い、丁寧に調べて記録しておくのも仕事であろう。そうではないか？」

「余計なこと、出過ぎた真似をすれば、仕事がしにくくなるのが、この世界のしきたりでございます」

「売れようが売れまいが、若しくは複数受賞させようが、選考責任はないと申すのか？」

「責任を負わされるのであれば、引き受け手はいないと存じます」

「そのような無神経な審査は、世間への背信行為に当たるとは思わぬか？」

「私たちが書いた小説も売れないのに、新人作家が書く小説が簡単に売れる理由がありません。選びさえすれば、選考委員の務めは果たすことになります」

「『売れそうにない』と判断するのなら、『該当者なし』をずっと続けても構わぬではないか？」

「それをやれば、選考委員を外される可能性があります」

「何ゆえ、それほど選考委員の座にしがみつく？」

「選考委員を務めれば、まず貫禄が付きますし、報酬が貰えますから」

「選考から落とした作品の中に、後々脚光を浴びる可能性を持つ作品が埋もれているかもしれないと案じたことはないか？」

「繰り返しますが、私ども選考委員の仕事は作品選びのみ。反省も反芻《はんすう》も反抗もしません」

「たとい依頼されても、断る誇りは持っておらぬ、のか?引き受けても納得できない選考手段には異議を唱え、若しくは委員として自分には荷が重い、引き際と覚るに至れば、潔《いさぎよ》く自ら委員を辞退しようと思わぬか？」

「私たちにも生活があります。本が売れないので印税は入らず、大衆文芸紙に寄稿するしか道はありません。そんな四苦八苦する中での選考報酬は貴重な収入源ですから、むやみに下りられません」

「四半世紀前に遡り過去の受賞者を調べると、本来なれば受賞作発表後も、二匹目のドジョウを狙って次の作品を出版するものだが、果たして出版に至ったかどうか不明の受賞者が真に多い。さらに、足を洗ったのであろうか一線から退いた受賞者の多きことこの上なし。氏名がいつのまにか消えているのは何ゆえじゃ？カマイタチにでもカドカワ・・・かどわかされたと申すか」

「私ども選考委員は、受賞者の消息には関心を持ちません」

「しかし、それでは受賞者の『貰い得』と思わぬか？『日本一の称号を持つ文学賞さえ射とめれば、しめたもの。出版した本に見向きもされなくとも、名誉だけは後生記録に残る。それで充分』、スタコラサッサ蓄電《ちくでん》したと解釈されるぞ」

「そんな者たちもいるでしょうが、出版社側が、受賞作を見て売れるレベルの作品ではなく、作家でメシが食えない書き手と判断すれば『悪いことは言いません。今の内に引退した方が身の為ですよ。賞を貰っただけで満足しなさい。ま、受賞作だけは最低限の印刷と宣伝の保証をしてあげますけど・・・』こう説得し、転職を勧めるケースもあろうかと存じます」

「篩《ふるい》にかけるということじゃ、な？」

「・・・平たく言えばそうでしょう」

「角張って申そうと、丸まって申そうと同じであろう。それはどのくらいの割合じゃ？」

「そうですね・・・あ！いえいえ、今申したのは、あくまでそういう場合もあるということで・・・」

選考委員は慌てて弁解したが、検非違使は食い下がった。

「噂では受賞後、受賞者を篩にかけて『お荷物組』と『救世主予備群』に分けると聞いておるが・・・」

「存じません。どこからその様な話を・・・」

「どのくらいの割合じゃ?九対一か、八対二か」

「誘導尋問はお止めください。存じません。お聞きになりたければ、出版社側に・・・」

「念のために訊ねるが、選考委員たちは審査に当たり、何に最も重点を置き吟味するのか?」

「委員たちにより様々ですが・・・そうですね。ある委員は斬新さ、ある委員は非現実性、ある委員は作者の秘めた才能、等で議論されます」

「その方の審査基準は何じゃ?」

「良いと感じた作品を推します。最後は全員、似た基準をベースに妥協しますけどね」

「ならば仕舞いには、選考委員それぞれが違う作品を推すことにならぬか?どうじゃ」

「そうですね。合議して決める訳ですから、どうしてもそうなってしまいます」

「むやみに『良い』と結論付けず、常に世間の目を意識した上で、書店の店頭に並ぶのが待ち遠しく、誰しも関心を寄せそうな物語性とか、寝食を忘れて読み耽る面白さであるとか、確実に満足感を覚える、買い手の心理を真っ先に熟慮した選び方をしようと思わぬか？」

「選考委員に一任されている訳ですから、読者云々の視点でなく、夫々《それぞれ》が気に入った作品を推すのは成り行きです」

出版社代表が傍《かたわ》らでぶつぶつ言った。

「けっ、それなら、問題点は選考委員側にある・・・」

これにカチンときた選考委員代表が矛先を躱《かわ》した。

「私たちは、文学振興会の委託に基づき選考しているだけ。売れない責任まで押し付けないでよ」

出版社代表は皮肉った。

「ハイハイ、次回の選考からは、○印でなく△印を選んでくださいね。いやいや、×印の方が意外に当たったりして・・・ヘッヘッヘッ」

むっとした選考委員が、横目で出版社代表を睨みつけると小声で言った。

「意見陳述が終わったら・・・言いたいことがある」

「藪の中ででもお待ちしましょうか？」

「表を上げよ」

次にお白州に座ったのは受賞者の代表。よくテレビで見かける顔だった。この人物も受賞後、何作か発表しているが、受賞作も含めて作品は売れていないのに、よくも図々しくこの世界に居続けられるものだと感心する。自費出版を勧めるに充分な、芥川賞受賞者の筆頭格といえよう。サラリーマンが嫌なのだろうが、出版社も出版社だ。何度も書物を拵《こしら》え、お膳立てを万端整えてやっているのに、一向に芽を出さない書き手をずっと支える理屈が解らない。出版社は作者から弱みを握られているのか、それとも作者は出版社のお偉方にコネでもあるのか。側で観察すると、自信の無さと大人しそうな性格の優男《やさおとこ》だ。

「受賞者側の代表に訊ねる。心して答えよ」

静寂のお白州に、格調ある検非違使の声が響いた。

「芥川賞・・・直木賞とて同じであるが、受賞は誰が決めるのじゃ？」

「え？」

上目遣いにキョトンとした表情を見せた受賞者代表。想定外の質問だったらしく動揺し、吃《ども》った。

「き、決まっています・・・せ、せ、選考委員たちです・・・」

「相違ないか？」

一体、検非違使は何を言っているのだろう。受賞者代表はポカンと口を開けた。

「最終的に、芥川賞を選ぶのは誰かと訊ねておる・・・」

「？？」

「聞えぬか?芥川賞に該当するかどうか、最終的に認めるのは誰じゃ?」

「指定された選考委員たちが相談して決め、認めるシステムになっております が・・・ご存じないので?」

「・・・違うな」

受賞者代表はまだ意味が呑み込めなかった。声しか聞えない検非違使を捜そう と辺りを見回したが、姿は確認できなかった。

「わしの姿が見えるか?」

「いいえ」

「何ゆえ見えぬ。目先のことばかり考えず、真を究める姿勢を持てば見えるはず じゃ。その方は作家であろう。候補者のなかから選ばれた芥川賞受賞者の一人で はないのか?」

「はい、見事に選ばれました」

数人が失笑した。「見事に」のアクセントが特に強かったからだ。

「芥川賞の受賞通知を受けし時、何を考えた。選んだ選考委員たちへの感謝か？授賞式で述べる口上か？それとも署名の練習時間を作ることか？」

「色々あって、よく覚えていません。それに・・・質問の意味も判りません」

「では、申そう。印刷後、受賞作が書店に平積みされるのは期待できるとして、果たしてどんな反響があるか、どの程度読者は買ってくれるか、案じなかったか？」

「そりゃあ勿論、気になりました」

「・・・改めて訊ねる。芥川賞を最終的に認めるのは誰じゃ？もう答えられるであろう」

「・・・読者・・・ですか？」

「左様、読者じゃ。選考委員たちは受賞作を義務的に決めたにすぎぬ。通知を受け、受賞祝賀式でおだてられた時点では、まだ本物と認めて貰ってはおらぬ。受賞作が順調な売れ行きを見せ、やっと世間から芥川賞作品だと注目され始める。

その後も出版を重ね、常に上々の販売実績を示し安定基盤を築き、初めて芥川賞受賞者と認められ、確固たる本物に近付くのじゃ。この倫理で価値を探ると、その方も受賞作はおろか、肖《あやか》ってこれまでに出した小説は、芥川賞作品とは認められておらぬ道理となる。そこに気付けば、わしの姿も見えるはずじゃが・・・」

「・・・」

「その方、自身を芥川賞に相応しい本物の書き手と思っておるか？」

「賞を貰った以上、芥川賞は芥川賞、直木賞は直木賞、参加賞は参加賞です。価値は揺るぎません」

「己は本物だと自信を持って言えるか？」

「8～9人もの選考委員が選んだのです。本物でなければ選ばれなかったと、誰でも判断するでしょう」

「ふむ・・・」

「私にも言い分が御座います。言って構いませんか？」

「よかろう、申せ」

「私たちは、いきなり芥川賞の選考にノミネートされたわけではありません。それなりの過程と実績を踏んで到達しております」

「過程？実績？と申すか。どのような実績じゃ、聞こう」

「私たちは芥川賞受賞前、様々な文学賞を頂戴して参りました。野間文芸新人賞、文学界新人賞、群像新人文学賞、すばる文学賞、海燕新人文学賞、三島由紀夫賞、――これらを複数受賞すれば、有能作家だと業界では認識されます」

「それで？」

「これらホップ、ステップと順調に跳べば、念願のジャンプである芥川・直木賞に着地するのは時間の問題と、暗黙に定められるのが業界の習わしであり、それが選考委員たち、そして世間に、納得させる証しにもなります」

「その方が今列記した数多ある文学賞は、どれほど吟味して与えたか甚《はなは》だ怪しく、審査する側が勝手独自にくれてやったに等しい。それとも、しっかりと世間の了解を得て授けられたとする裏付けがあるのか、どうじゃ？」

「然し、つまらない作品なら賞を進呈しないはず・・・」

「そこが盲点、落とし穴になっておるのだ。選考対象者がそれなりの受賞履歴を備えておれば、たとい選考を誤っても、ぐだぐだと言われないだろう。受賞するべくして受賞したと思わせる企み、いや読者への小細工・・・先入観の散播《ばらま》きとも取れる」

「それは偏見か、ひがみではありませんか？」

「偏見？ひがみ？と、ほざくか。断っておくが、当職に・・・わしを含めてじゃが、この裁判で得をする者は誰ひとりおらぬ。常に当事者の間に立つ身で職務を遂行しておる。よって不要な発言、戯言《ざれごと》は控えよ！・・・ではその方、実力で勝負しておると申すか？」

「・・・はい」

「新人用の文学賞は、言わば福引の補助券のようなもの。三枚集めれば一回ガラポンが回せるが、一等のハワイ旅行を祈って回しても、当たらぬ物は当たらぬ。翻って芥川賞。ガラポンでなく話し合いで選ばれるのをいいことに、面倒だ、どうせ形だけの賞だ、偶々補助券を三枚持っているのなら資格があるので、気前良く一等をくれてやろう。この様な発想で与えられたのと幾分違わぬと思うが、どうじゃ？」

「それは検非違使様らしからぬ、あまりにも酷いお言葉。新人賞始めその他の文学賞にも充分な価値がございます」

「わしは、その他の文学賞が価値の無い賞だとは一切申しておらぬ。単体では必要な賞であろうと考えるが、ただ似たような賞を幾つも得たからとて、即芥川賞に直結する賞ではないと申しておる。確《しか》と聞け！」

「・・・・」

「ん？今、その方、『その他の文学賞にも充分な価値がある』と申したな？その言葉、その意味、その方は勿論であるが、後に続く報道関係者の方々、くれぐれもお忘れなきよう・・・」

　強調して念を押すと、リセットして再び検非違使は続けた。

「一歩下がり実力と認めても、肝心要の芥川賞で読者から認められなければ、所詮絵に描いた餅であろう。そもそも、受賞した新人文学賞がいかなる役に立ったか、説明してみせよ」

「そう仰《おっしゃ》いましても・・・」

「言葉が出ぬ。納得がゆかぬと申すか？」

「・・・はい」

「では訊ねるが、作家は何で生活費を得るのだ？」

「原稿料収入でございます」

「・・・一般の作家であれば、それでよかろう。だが高名な芥川賞・直木賞受賞者なら、それでは片手落ち。著作権収入で生活の糧を得ずして本物の作家とは言えまい。その方は今、何を生業《なりわい》に暮らしておる。音楽番組の出演料ではないのか？」

「それはそうですが・・・今でも本は出して貰っています。実力が認められているからです」

「それも違うな。出版社が見限りもせず出版しているのは哀れみによるもの。そんなことも判らぬか。社会勉強が足りぬのぅ。その方も、最高の学府で勉強したのであろうが・・・」

「いいえ、楽譜の勉強などしておりません。音楽は・・・正直・・・苦手です」

「おのれ！わしを愚弄《ぐろう》するか。それとも巧みに要点をはぐらかしておるのか」

「とんでもございません。検非違使様が、楽譜の勉強と仰いましたので」

「たわけ！わしは『最高の学府』、つまり大学を出たのであろう、と申したのじゃ。沙汰のあるまで下がっておれ」

「報道側の代表に訊ねる。二人の内どちらでもよいから、よく思案して答えよ」

最後に呼び出されたのはメディア組で、放送局と新聞社から一人ずつ呼ばれていた。

「なぜ俺たちまでとばっちり食わねばならんのだ」。片方が小声でぼやくと、相方も口を曲げて頷いた。二人とも、呼び出されたのが不満だった。

「日本には芥川・直木賞を除く、その他の文学賞がいかほどあると承知しておるか？」

新聞社で文化欄を担当する記者が、先に当てずっぽうで答えた。

「多分、10賞ほどじゃないでしょうか。正確には知りませんが」

放送局の取材デスクが修正した。

「いやー、もっとあるでしょうね。20～30ぐらいあるって聞いたことがあります」

検非違使が正解を教えた。

「あらゆる賞も含めると軽く百を超える。・・・憶えておくが良い」

「・・・そんなに！でも、国民はそんな物に関心を持っていませんから」

常識事項では無いので知らなくても恥ではない、そんな口ぶりで記者が嘯《うそぶ》くと、検非違使は突っ込んだ。

「芥川賞・直木賞と、その他の文学賞との違いは、どこにあるのであろう？」

「そりゃあ、決まっていますよ。芥川賞や直木賞は古くからあって、超有名で過去にベストセラーが何冊も出ているし、世の中から注目される、日本で最高の文学賞です。それに比べれば、その他の文学賞は知名度が低いし、まったく話題に上りません」

「ふむ、知名度が低い・・・では価値はどうであろう？」

「価値とて同様、両者は月とスッポンの差があります」

「価値の有無をどこで判断するのだ？」

「ですから・・・本の売れ行きとか、ファンの反応で・・・」

「トーハン調べ、年間ベストセラー・ランキングで、その他の文学賞は毎回どの辺りの位置にあると思うか？」

「１００位内にも入らないと思います」

「調べよ！調べてみれば、それぞれ一目瞭然に判明すると思うが？」

「下位にランクされた作品を調べても意味はありません」

「随分、粗末に扱うものじゃのぅ。憶えておるか？先ほど、受賞者代表が『その他の文学賞にも充分な価値がある』と申したこと・・・」

「ですが、芥川賞と同等に扱う訳には参りません。芥川賞発表は日本では恒例の行事ゆえ、発表の時期が来れば紙面を割《さ》き、報道する義務が私たちジャーナリストに課されております」

そう言うと、新聞記者は傍らの放送局デスクに「そうでしょ？」顔を向けた。デスクも同調し頷いた。

「月とスッポンの差があると申す、その芥川賞とて上位に格付けされてはおらぬ。毎年の年間ランキングのベスト２０（３０）にも入っておらぬそうじゃが？」

「それなら、４０～５０位辺りに入っているんでしょう」

「その方たちが太鼓判を押す日本最高の文学賞が、どの位置にあるか、何ゆえ確かめぬ？４０～５０位はおろか、６０～１００位に入っていない可能性とてあるぞ」

「・・・」

「仮に６０～１００位にあったとしよう。だが考えてもみよ。新聞、テレビで、芥川賞発表の報道を派手にやり、宣伝したのに、６０～１００位の有り様なら、もし宣伝をせねば、さらに売上部数は下がり、１００位からも落ちるという推論が成り立つ。ならば、価値はその他の文学賞と大差ないではないか。ここをどう説明するか？」

「・・・・」

記者は答えられず、デスクを横目で見た。デスクも弱って白壁を見た。

「答えられぬは仕事を疎《おろそ》かにしているからであろう。何ゆえ両者の価値を確かめぬ。真実を確かめるのが報道家の責務と心得るが・・・」

「・・・・」

「タコ焼きの有名店があったとしよう。店の売りは、朝水揚げされた明石産のタコが使われているという触れ込みじゃ。しかし客は寄りつかぬ。理由は、実は海外からの輸入品で、しかも消費期限切れ寸前のタコが使われているとの噂が立っているからだ。その噂を耳にすれば、実際に現物を買って食し、得た事実を正確に伝えるのが仕事であるのに、取材を怠り、お定まりの宣伝文句をオウム返しに『〇〇堂の大好評タコ焼き、明石産の新鮮ダコ使用』と報道を続けるか？・・答えよ」

「・・・・」

再び記者が救いを求めると、腕を組み、空を仰いでいたデスクが助け舟を出した。

「報道と宣伝は違います」

「違っておろうと、幇助《ほうじょ》していることに変わりはない。幇助するなら、その他の文学賞も同様に扱うのが中立・公平と思わぬか？」

今度は記者が助け舟を出した。

「その他の文学賞の発表なら、テレビでは放送していなくても、新聞では各紙が載せています。１００以上ある文学賞全てとは流石に言えませんが、大藪春彦賞、大仏次郎賞、松本清張賞——主要なその他の文学賞は公表しているつもりです」

「うむ。確かに、その方の申す通り掲載されておるが、記事が小さ過ぎぬか？名刺サイズではないか。これに対し、芥川・直木賞の場合はどうじゃ。社会面で見出し、文化面で受賞者歓びの声、ローカル欄で作者の横顔を写真付きで紹介し、至れり尽くせり宣伝しておる。おまけに、別の日に追記する場合とてある」

「ですから、それは芥川賞の注目度や人気度が他の賞とは違うからです」

「どう?違うておる。芥川賞の実態は、注目度も人気度も著しく下落しておると捉えるが、その方たちは社会に目を向けずに仕事しておるのか？」

「どのように言われましても、芥川・直木賞は別格扱いなのです」

「では話を元に戻そう。芥川賞とその他の文学賞、どこに違いがある？」

「芥川賞は、選考委員たちが合議して厳格に選んだ賞ですから・・・」

「では、その他の文学賞は中学生たちが部活をサボって選んだのか？」

「芥川賞の場合、全選考委員の講評が文藝春秋誌に掲載されます」

「その他の文学賞は講評を載せぬのか？」

「・・・多分、載せていないでしょうね。何せ、注目されませんから」

「重ねて訊ねるが、両者の違いはどこにある？」

「芥川賞・直木賞の選考は、老舗の料亭を借り切って行われます」

「では、その他の文学賞の選考は、立ち食い蕎麦屋で行うのか？」

「まさか！恐らく、どこかの出版社の会議室でやっているのでしょう」

今度はデスクが、いい加減にしてくれと言わんばかりの口調で言葉を切った。

「芥川賞は、権威があって、由緒ある賞ですから、部屋に籠って、厳正に、選考されるのですよ」

「選んでいるところを目撃したのか？」

「見てはいません。選考の様子はオープンしない決まりなので、部屋に報道関係者は立ち入れません」

検非違使も負けず、お返しに言葉を切りながら訊ねた。

「では、受賞作を、阿弥陀くじで、選んでいたと、解釈されても、言い訳は、できぬな？」

「まさか！」「幾ら何でも・・・」馬鹿馬鹿しいと、二人は笑いだした。

「現場を確認したのか？」

「ですから・・・部屋の前にロープピングされて入れません」

「見ずに確認できるのか？信用できるのか？その方たちはいつ神様になったのだ？」

デスクは困り果て、襟を正すように答えた。

「選考委員たちを信用するしかないんじゃないでしょうか」

「その理由は？」

「過去の芥川・直木賞受賞者で占められている点を最大限に尊重し・・・」

「受賞歴さえあれば選考委員になれるのか?実績は加味されぬ、のか?」

「実績があるから選考委員になれたのでしょう」

「実績はどのようにして決められるのだ?過去の受賞作を含めた、選考委員たちの小説が売れていなくても、実績と認められるのか?」

「小説が売れなくても、映画化される場合もあります。映画製作は莫大な金がかかります。駄作であれば右から左にスポンサーは資金を出してくれませんよ」

「映画化されてもさっぱり客が入らなければ、やはり駄作になるのではないか?」

「然し、試写会は都心も地方も満杯で・・・」

「それは、報道関係者は勿論だが、一般客も無料招待する試写会場しか見ていないからであろう。実際に入場料を払い、日本各地の映画館を訪れての感想と言い切れるのか?」

「・・・・」

「創作小説の価値は、やはり書物で評価されるべきものだ。今の日本文学界は真実を発信しておらぬ。腐りきっておる。そう思わぬか？」

「それは、私ども報道関係者が考えることではありません」

「左様。だが、無関係とも言えぬ。報道家は正確な情報を伝え、共に文学界の行末を案ずる義務があるはずじゃ」

「・・・・」

「回答を貰ってはおらぬので繰り返す。芥川賞とその他の文学賞、違いは何じゃ？」

「・・・・」

答えに窮したデスクに代わり、記者がぼそっと言った。

「はっきり言えませんが、違いはやっぱり選考委員にあると思います。芥川・直木賞は、両賞を受賞した作家中心に採択されるのに対し、その他の文学賞を選ぶのは出版関係者か有識者ではないでしょうか」

「では、その他の文学賞も芥川賞選考委員に選ばせれば、芥川賞になるのか？」

「まさか、それはないでしょう」

記者は苦笑いした。デスクも笑いを堪え、青空天井を仰いだ。

「何ゆえ、断言できるか？」

「芥川・直木賞は相撲番付でいえば横綱格ですから、受賞候補には大関クラスが集められる一方、その他の文学賞は所詮関脇レベルで、候補に上がるのは前頭・小結クラス。評価委員も格付けに応じて決められるのが慣習ですから、関脇に昇格させるのに、横綱審議委員会はのこのこ出てきませんよ」

「では芥川賞選考委員は、全員が横綱経験者で占められているのか？」

「例外もあると思います」

「現実的に、真っ向勝負の大相撲は勝ち星と審議会で昇格が決まるが、文学界の横綱・芥川賞は選考だけで決まる。その審査を永遠に誤り続け、慣習的に前頭・

小結格ばかりを横綱に昇格させているとは思わぬか？」

「それは私たち部外者がタッチできる問題ではありません」

「その方たちが、真実を報道する側の立場としてはどうじゃ？本音を知りたい」

二人は顔を見合わせると、先に記者が答えた。

「確かに、以前からそういう疑問は持っていました」

観念したデスクも吐露した。

「一理・・・あると思います」

「ふむ。言いにくかろうが、最後に訊ねる。芥川賞選考委員は横綱格ばかりと思うか？

「いいえ」「いえ・・・」

「関脇・大関クラスも多数混じっているとは思わぬか？忌憚なく答えよ」

二人は迷いながら間を置き、答えた。

「はい・・・」「・・・ええ」

【「羅生門」（藪の中）裁判・判決編】

「出版社側の代表は正面に参れ！」

判決の時間になり、お白州に検非違使の声が冷たく放たれた。姿はやはり見えない。

「沙汰を申し渡す。心して受け容れるがよい」

「ハ、ハイ」

「ひとつ。出版社は世間に対し、発行部数を姑息に宣伝し、実際の売上部数に誤解を生じさせる様な紛らわしい表示は慎め。売上を伸ばしたい気持ちは判るが、実数が公表されぬことを幸いに、世間を数字で惑わせてはならぬ。差は二割以内に抑えること。

ひとつ。発行部数の発表はシリーズ累計で行なわず、基本的に一冊ごと単体で行うこと。

ひとつ。新刊発行に際し、新聞広告に美人著者の場合のみ近影を載せるのは御《ご》法度《はっと》。写真を載せたければ、老婆、醜女《しこめ》の区別なく、平等・公平に扱うこと。ひとつ。企画出版に協力するのは2〜3冊を限度とし、売れぬ作家に慈悲や同情は禁物。切り捨ても大事である。『斬り捨て』ではなく『切り捨て』じゃ。誤解せぬよう。前者なら『殺人・死体遺棄』を指し、判官の身でありながら、犯罪を勧める訳にはいかぬからのぅ。売れぬという事実は、読者の共感を得られておらぬという列記とした証左。しつこく出版をせがむ作者には自費出版を薦め、文学賞受賞者だからとて特別扱いをすることはならぬ。出版業仲間にも確と伝えるがよい」

「・・・一応、一応伝えます」

「次に選考委員。前に出よ」

自分にはどんなお沙汰が下るのか、選考委員の代表は委縮した。

「選考委員に申し渡す。ひとつ。申すまでもないが、作品の価値は中身であり、選考の目的は読者の心理を如何に酌《く》むかにある。どうせ売れぬからと、美人、若い女性、おばあさん、タレント、外国籍、最年少、変わった標題等、目立った特長で決めてはならぬ。隔離された密室で合議するのを幸いに、何食わぬ顔で目先のことだけ考えた審査は許されぬ。

ひとつ。受賞に見合う作品無し、と思いし時、一方で、選ぶのが億劫になれば、迷いなく『該当作なし』を選択すること。出版社、選考委員、受賞者のための審査ではないと肝に命じよ。選考に際し、毎回俎上《そじょう》されるも一向に選ばれぬ状態が長く続く書き手もおろうが、下手に『可哀そうだから、そろそろ・・・』同情で推薦することも罷《まか》りならん。芥川賞はコンテストではない。『本物の作家』を選ぶのが選考委員の任務であり、『時の人』を造る作業ではないことを、くれぐれも忘れるでない。

ひとつ。受賞の選考は出版前でなく出版後、世の反応が示された後に決めるのが妥当と提案し、早急な検討会の開催を促すこと。尤も、そうなれば選考委員の出番が無くなり、お役御免と相成るが、芥川賞作家なら自らの印税で稼ぐもの。選考報酬を当てにしてはならぬ。

ひとつ。芥川賞受賞歴を持つ選考委員たちも、まだ読者から本物と認められてはおらぬとの自覚に立ち、売れぬ作品を推せば責任を取り、自主的に選考委員から外れる認識を持つこと。

ひとつ。これが最も重要じゃが、どうしても選考委員を続けたければ、読者の購買意欲をそそる作品を選ぶのは無論のこと、自らも作家の片割れとして、読者から購入して貰える小説を書いてみせねばならぬ。他の選考員たちにも、確と伝えよ。・・・よいか！」

「・・・・はい」

「今の胸の内はどうじゃ。頭を冷やしたか。少々は周囲が見渡せるようになったか？」

検非違使は受賞者の代表に、尋問より幾分トーンを落として訊ねた。

「・・・・」

「ふむ。その方の顔は、意地でも己に実力があると言い張っておると見える」

「私は大学在学中から始めた創作活動で、めきめき頭角を現し、学内では何かと注目されてきました。おまえの才能なら、間違いなくベストセラー作家になれるよ、と」

「ふむ・・・それで？」

「それで・・・だから・・・つまり・・・よって、もうそろそろ開花する頃です」

「よって出版社に拝み倒し、もう一度、次は必ず、今度は絶対に、そのうち何とかなるだろう――泣きついておるのだな？」

「今度こそは絶対に、大反響を巻き起こす傑作の構想を練っています」

「それなら、瀬戸際に立たされたつもりでもう一度だけ、その才能とやらを世間に問うてみてはどうじゃ？」

「問う?どうやってで、ございますか」

「受賞時の筆名を用いず、違う別の筆名で小説を発表してみよ。決して事前公表をせず、宣伝も一切せずに・・・よいか、これが真っ当な提案じゃ」

「別のペンネームを使って、ですか?宣伝も公表もせずに・・・ですか?エーッ」

「左様じゃ。できぬことはあるまい」

「ですが・・・」

「何を縮こまっておる。実力と勇気、そして誇りがあれば簡単にやれること。それとも、その方は書き手の身でありながら、『書け』と言われて怖気づく臆病者か?」

「・・・考えてみます」

「自信がないなら、無理には勧めぬが」

「・・・・」

「起死回生、名誉回復、汚名返上・・・願ってもない機会であろう。確と申し付けたぞ。だが・・・のぅ。芥川賞受賞の名誉にしがみつくのは、もうやめよ。有能な人材は他にもおる。賞にこそ縁は無いが、目立たぬ場所でその機会を求めて執筆に勤《いそ》しむ書き手が、市井《しせい》には沢山おるのだ。その方が足を洗えば、一人分その者たちに回す出版機会が生まれる。思い遣りを持つのも報恩であるぞ」

「全く食べていけなくなれば、どう責任取って貰えるのですか？」

「仕事にあぶれし時は選考委員に集《たか》るがよい。『生活の面倒をみてくれ』とな。読者を軽視し、その方らを選んだ張本人は偏《ひとえ》に選考委員たちにある。そうであろう？」

「・・・」

「『ブタもおだてりゃ木に登る』と申すであろう。軽率に芥川賞を決める選考委員にも原因があるが、おだてられて職業作家の道を選び、泣きを見る受賞者にも反省材料はある」

「・・・」

「そうじゃ。今ひとつ申し添える。芥川賞受賞者は単行本が売れず生活費にこと欠く者ばかり。それを救うため、その他の文学賞を恥も外聞もなくせっせと与えているようだ。１９９０年～２０１０年、２０年間の受賞者４６名中、７割の者がその他の文学賞を貰って糊口《ここう》を凌いでおる有り様。その数たるや１０３賞。一人当たり三つ以上の哀れみを受けている勘定じゃ。いかに暮らしが逼迫しようと、そんな惨めな施しを受けてはならぬ。芥川賞は横綱じゃ。横綱がいかに窮地に陥ろうとも、殊勲賞や技能賞、敢闘賞を決して与えるものではない。貰うのもせがむのも恥と心得よ」

「クックックッ」

出版社代表が声を噛み殺し、背中を震わせ笑っていた。

「何がおかしい」

選考委員代表が肘で突いた。

「文学界には、大層ご立派な横綱がいらっしゃるなぁと思って。ヘッヘッヘッ」

「？」

出版社代表は顔を寄せて選考委員代表に囁いた。

「即興で私が作った川柳です。『負け越しの　横綱が貰う　殊勲賞』あなた様も案外、その口では？ヘッヘッヘー」

選考委員代表が、目を吊り上げて出版社代表を睨んだ。


「放送局・新聞社の代表に申し渡す。ひとつ。早急に出版社側と相談の上、これまでの芥川賞受賞作の売上実数を公表せよ。華飾のみならず虚飾を世間に晒すのも、報道機関の大切な役目である。くれぐれも「芥川賞」の名称に引き回されてはならぬ。

ひとつ。芥川賞選考会場や、受賞発表会の様子をテレビ中継してはならぬ。受賞者との会見も禁じる。写真、受賞者の横顔紹介記事も不要で、紙面に大きく載せてはならぬ。掲載サイズは名刺大とする」

記者が、もう我慢できない、といった剣幕で聞いた。

「何故でございます」

「何度も訊ね重ねたわしの質問に、まともな返答をしていないからじゃ。今一度訊ねよう。芥川賞とその他の文学賞の価値の違いを明確に申せ」

「お答えしたつもりですが」

「答えはしたが、曖昧で説得力がなく、その場凌ぎの回答じゃ。どうした。両者の違いをはっきり申せ」

「・・・」

「聞えぬか？両賞の違いはどこにある」

「それほど記事を小さくしたら、リスナーや読者から抗議されるかもしれません」

「異論は実行してから申せ。わしは、むしろお客や読者も『やっと報道機関が公平に扱い始めた』そう評価すると思うが」

「・・・そうでしょうか？」

「そうであろう。芥川賞とその他の文学賞の違いが明確に区別されておらぬのに、片方だけ大袈裟に報道するのは平等とは言えぬ。世間から見れば明らかな偏見と贔屓《ひいき》であり、報道家にあるまじき差別行為にほかならぬ」

「・・・・」

「ところで『メディア』の意味を知っておるか？メディアには『中央』という意味があり、文字通り、中立・公正さが求められる媒体。断固、偏りや肩入れは許されぬ」

「しかし・・・」

「しかしもお菓子も案山子《かかし》もない。案ずるより、やってみることじゃ。世間の空気、読者の視線を第一に考えた報道発表に努めよ」

「あのぅ・・・」

突然、出版社代表が口を出した。

「最近、バカ売れした例があったのをお忘れなく。２０１５年上半期にダブル受賞した中のひとつですが、売れる時は売れるのです」

「稀にそういうこともあろう。だから、とて、即芥川賞に該当するという安易な判断に賛成は致しかねる」

「何ゆえに・・・」

「うむ。それは・・・」

検非違使が説明しかけたその時、白壁の裂け目から男の声がした。

「私にもひと言、申し上げさせてください」

検非違使が叫んだ。

「何者じゃ。お調べ中であるぞ。勝手に傍聴し、発言することはならぬ、誰の赦《ゆる》しを得てそこにおる？」

「検非違使様に申し上げます。どうして、裁判に読者の代表を招集されないのでしょう。読者あればこそ、作家、出版業者、流通業者、書店員の暮らしが成り立つもの。その大切な読者を呼ばぬというのは、検非違使庁の失態と捉えますが、如何なものでしょう」

堂々と声を張り上げ、役人に対し物怖じしない男の剣幕に押され、検非違使は少しの沈黙を作ると、穏やかな言い回しで返答した。

「その方の言う通りじゃ。迂闊《うかつ》であった。発言を赦す。その右手の門を潜り、これに参れ」

文学ファンと名乗るその男性は子ども体形だが、よぼよぼで相当歳を召した風采。顔立ちは見るからに愛らしく、誰の目にも外国人と判った。西洋のポーズで挨拶した少年は、健気《けなげ》に正座してみせた。

「先ほどの出版社代表の意見に対する返答。検非違使様に代わり、私に申し上げさせてください」

「・・・よかろう、申してみよ」

「出版社代表は、最近バカ売れした受賞作もあると言いましたが、確かに芥川賞にしては珍しく売れたようです」

出版社代表はホッとすると、顔を上げてどや顔になった。

「だからと言って、選考の疑惑は拭えません。選考の対象になった時点で、既にかなりの売上部数を延ばし、勢い付いていたからです」

出版社代表は再び眉間に皺を寄せた。静まりかえるお白州。招集された関係者たちは固唾《かたず》を呑んで行方を見守った。

「その作品が俎上に載った時、無視できない状況だったと想像されます。長年の審査ではあやふやな選考の連続でした。読者の共感を得ない作品ばかりを選考委員たちは選んできたのですから。ここでそのヒット作を選ばなかったら、『何で選考委員は一向に売れない小説ばかりを選び、現に売れている小説を選ばないのか』世間から非難を浴びるのは必至です」

「道理じゃ」

「そこで、止むを得ず受賞を決めたというのが真相と思われます。もし、当作品の発表が出版前であれば、候補の『コ』の字も挙がらなかったと推定できます」

「異議あり！読者代表は、想像で語っています」

受賞者代表が口を挟むと、選考委員代表も同調した。

「そうです！その作品は、私も秀作と最初から思っていました」

検非違使は却下した。

「異議を認めぬ。芥川賞とて、想像だけで選んでおるではないか。以前にも増し選考の失敗が際立っておるのを棚に上げ、他人をとやかく申す資格はない。構わぬ。読者代表は発言を続けよ」

「私は受賞決定後、文藝春秋誌に掲載される選評に注目しました。すると案の定、講評は予期した通りの内容でした」

「うむ、うむ」

「まず、選考委員の長らしき選者が、真っ先に寄せた受賞作を褒めるコメントです。『受賞作はすでに60万部を超えているとかは全く関係ない』。前置きし、さも実力を認めて推薦したかの如き批評の巧みさ・・・読む人が読み、見る人が見たら、尤もらしく空々しい解説です。次に・・・」

「うーむ」

「『積極的に推すことができなかった。長すぎて途中から飽きた。』と本音を明かしたベテラン委員もいましたが、果たして最後まで読んだか興味深いところです。明らかに×印を付けた委員も二人ほど居て、その他の委員も総じて△マークの域を出ず、全委員の意思、著者本人の実力で決まったとは評価できない意見ばかりでした」

的を射た感想に、数人から溜息が漏れた。

「確固たる裏付けは続作に表れます。一躍時の人になっても、第二作をなかなか発表しなかったのは自信の無さです。賞の選考中にメディアからマイクを向けられ、しきりに『自信がない』と答えていたのは謙遜ではなかったでしょう。受賞がまぐれと思われるのを避けたいなか、塩梅《あんばい》を見るのと、次は何を書くか悶々と悩んだ心理状態が見え見え。一年後にやっと次の作品を発表したものの、売れ行きは・・・言わずともお判りですよね？出版社代表の方・・・」

読者代表が目を遣ると、出版社代表は地面に目を落としていた。

「皆さんはこの状況をどう読みますか？」

読者代表が左右を見ると、全員が悪事でも働いたように肩を落としていた。

「受賞作がホントに秀作だったのか、あまりの好調さに驚いたのは著者自身。選考委員も出版社も驚きは隠せず、評判に釣られて買った読者も読んではみたが、どこが評価されたものやら見当がつかず、最後まで読んだ人は少ないと考えられます。読者は著者が芥川賞の器では無いと見抜き、第二作の購買意欲を無くしたと考えるべきです。本物の作家っていませんねぇ。ホンモノの・・・」

「他に申したいことがあれば申せ」

「賢い読者を代表して一般読者にご忠告申し上げたい。『芥川賞作家』。このブランドに惑わされていませんか？徒に《いたづら》ハイレベルの先入観を持ってはなりません。

確かに選考対象にノミネートされる作品なら、創作レベルはかなり上位。容易《たやす》く書ける小説なら最終選考に残りません。だからといって、最終的に選ばれた作品が文句なしに芥川賞だと決めつける、確固とした根拠はないのです。受賞後の売れ行きを見れば一目瞭然。全国の他の読者が認めていないのですから。思い付きか推薦で選ぶのなら、芥川賞作家はあっちにもこっちにもそっちにも、邪魔になるほど該当者はいる、という推論が成り立ちます。おらが村、あたしの町には居なくても、広い日本国内を見渡せば、同レベルの書き手はいっぱいいるのです。

次に、選考委員の代表に申し上げたい。本物の目で審査に当たっておれば、今頃ホンモノの新人が生まれていた可能性を否定できません。先物売りでは真の価値が掴めず、芥川賞作家が選考委員になるのは間違っています。この判決結果を、是非日本文学振興会の責任者にお伝えください。それから、文藝春秋社を設立した菊池寛先生が一家言《いっかげん》したいと、文学振興会スタッフの枕元に現れたくてうずうずしてらっしゃいます。どうぞ速やかに迎えてあげてください。『見ざる言わざる聞かざる』三感覚をシャットアウトして、夢の扉に錠を下ろすことがなきよう、老婆心ながらご忠告申し上げます。
最後に、日本文学振興会、芥川賞選考委員、芥川賞受賞者、各メディア、全国の読者全員で真摯に考えてほしいことがあります。芥川賞云々を論議する前に、そもそも芥川龍之介がどういう作家なのか、あまり理解していないような気がしてなりません。一度原点に戻り、彼の作品のおさらいをして、芥川賞を見つめ直す必要があります。読者のみなさん！芥川龍之介の小説をもっと読みましょう。そして少年少女時代に戻り、グリムやアンデルセンの童話を読みましょう。童話は子どもが読むものという先入観を捨て、大人になって読み直すものとの観点に立ち、さあ、図書館へ行きましょう」

枕元でエンジン音が鳴った。起床時間だ。出版社周りのため、東京に出発する日が遂に来たのだ。ゼロ戦で鹿児島・知覧基地を飛び立ち、真っ青な太平洋上空を飛行中の私は、数キロ先を航行するアメリカの大艦隊を発見した。雲の向こうに待ち構えていた、何十もの敵機が私に気付き旋回する様子が見えた。徐に右拳をニギニギすると、操縦桿を掴んでいる感触に変わった。ゆっくり親指を添えて機銃掃射する態勢に入ると、銀色のグラマンが視界に入ってきたが、２５０キロ爆弾の投下先は空母だ。何機ものグラマンの間を潜り抜けて空母の位置を測ると、これまでにない強烈な痛みが右脚を襲ったが、私は怯まず、空母の管制塔を目指して急降下した。

（了）

引用文献　朝日新聞・朝刊別刷り「サザエさんをさがして」他、朝刊記事より。
「週刊文春」２０１２．２．２号
「芥川賞物語」川口則弘著
㈱トーハン・年間ベストセラー２０（３０）
民間放送「日本で一番売れたベストセラー・ランキング５０」
㈱芸術生活社発行　芸生新聞
KADOKAWA 世界名作シネマ全集３　黒沢明の世界
その他「ウィキペディア」

著者略歴

歌狂人　卍（かきょうじん　まんじ）本名・遠藤博明。

1951年　3月17日　福岡県浮羽町出身。

長崎県川棚町在住

2007年　3月30日

「北斎と歩く『富岳三十六景・短歌の旅』上巻」発行

2007年10月～2009年10月

長崎県大村市・競艇企業局発行

「ターンマーク」誌にコラム掲載。

華飾と虚飾
芥川賞の結末

発行日 2017年 5月25日 初版第1刷
著 者 歌狂人 卍
発行者 東 保司

発 行 所
櫂歌書房《とうかしょぼう》
〒811-1365 福岡市南区皿山4丁目14-2
TEL 092-511-8111 FAX 092-511-6641
E-mail:e@touka.com http://www.touka.com

発売所 株式会社 星雲社